Homero

Odisseia

Tradução e adaptação de
Roberto Lacerda

Ilustrações de
Thais Linhares

Gerente editorial
Sâmia Rios

Editora
Maria Viana

Editor assistente
Adilson Miguel

Revisoras
Gislene de Oliveira
Mariana Santana
Nair Hitomi Kayo

Editora de arte
Marisa Iniesta Martin

Diagramadores
Rafael Vianna e Carla Almeida Freire

Programador visual de capa, miolo e roteiro de trabalho
Didier Dias de Moraes

Roteiro de trabalho
Carlos Eduardo Ortolan

editora scipione

Av. Otaviano Alves de Lima, 4400
Freguesia do Ó
CEP 02909-900 – São Paulo – SP

ATENDIMENTO AO CLIENTE
Tel.: 4003-3061

www.scipione.com.br
e-mail: atendimento@scipione.com.br

2024
ISBN 978-85-262-7120-3 – AL
ISBN 978-85-262-7121-0 – PR
Cód. do livro CL: 736391
1.ª EDIÇÃO
10.ª impressão

Impressão e acabamento
Log&Print Gráfica, Dados Variáveis e Logística S.A.

Traduzido e adaptado de *L'Odyssée, poésie homérique*, texto estabelecido e traduzido do grego para o francês por Victor Bérard. Paris: Les Belles Lettres, 1955. 3v.

Esta obra foi publicada originalmente em 1997 (editora responsável: Maria Cristina Carletti).

• ● •

Ao comprar um livro, você remunera e reconhece o trabalho do autor e de muitos outros profissionais envolvidos na produção e comercialização das obras: editores, revisores, diagramadores, ilustradores, gráficos, divulgadores, distribuidores, livreiros, entre outros.
Ajude-nos a combater a cópia ilegal! Ela gera desemprego, prejudica a difusão da cultura e encarece os livros que você compra.

• ● •

Dados Internacionais de Catalogação na Publicação (CIP)
(Câmara Brasileira do Livro, SP, Brasil)

Lacerda, Roberto
  Odisseia / Homero; adaptação de Roberto Lacerda; ilustrações de Thais Linhares. -- São Paulo: Scipione, 2008. (Série Reencontro literatura)

  1. Literatura infantojuvenil 2. Mitologia grega (Literatura infantojuvenil) I. Homero. II. Linhares, Thais. III. Título. IV. Série.

08-06785   CDD-028.5

Índices para catálogo sistemático:

1. Odisseia: Mitologia grega: Literatura infantojuvenil 028.5
2. Odisseia: Mitologia grega: Literatura juvenil 028.5

SUMÁRIO

Quem foi Homero? 4

A Guerra de Troia e a sua origem 6

Os cícones e os lotófagos 9

O gigante de um olho só 12

O saco misterioso 18

Circe, a feiticeira 20

A morada dos mortos 26

As cruéis sereias 31

Cila e Caribde 33

Os rebanhos de Hélio 35

A jangada de Ulisses 38

A tempestade 41

A casta Nausica 44

Na corte de Alcino 48

O cavalo de madeira 52

Enfim... Ítaca! 55

O fiel Eumeu 58

O reencontro com Telêmaco 60

O plano de Ulisses 63

O velho cão 64

O combate desigual 66

As exigências de Penélope 68

O arco de Ulisses 69

Os dois aliados 71

A chacina 75

Marido e mulher 78

O reencontro com Laerte 80

Vingança atrai vingança 83

A paz dos deuses 84

Quem é Roberto Lacerda? 88

QUEM FOI HOMERO?

Esta é uma pergunta que há séculos fazem os estudiosos sem encontrar uma resposta precisa, ou, antes, encontrando várias e contraditórias. Os mais radicais chegam mesmo a duvidar da existência de Homero.

Enquanto dura a controvérsia, as poucas e nebulosas informações que temos é que Homero teria sido um poeta grego – sete cidades reivindicam a glória de ter sido seu berço –, nascido provavelmente no século IX a.C.

Segundo as lendas, Homero era cego. Foi um aedo, ou seja, um poeta, que andava de cidade em cidade mendigando e recitando seus versos.

Mas teria sido realmente ele o autor da *Ilíada* e da *Odisseia*?

Os mais recentes estudos – filológicos, históricos e literários – indicam que ambos os poemas são obra de um mesmo gênio artístico. No entanto, a forma "homérica" inicial sofreu profundas alterações ao longo do tempo, com a interferência dos aedos, que declamaram os poemas de memória durante séculos, até que começassem a ser registrados, e mais tarde dos copistas, que, pagos por linha transcrita, cediam à tentação de acrescentar trechos aos poemas.

A edição mais antiga do trabalho de Homero de que se tem notícia é a chamada edição de Pisístrato, tirano de Atenas, datada do século VI a.C. A maioria dos manuscritos encontrados posteriormente parecem originar-se desta edição, com variantes resultantes da má compreensão do copista ou da interferência de filólogos da época.

Tornou-se extremamente difícil separar da versão dita original essas alterações – ou interpolações, como são chamadas – e os estudiosos muitas vezes divergem em seu veredicto. Basta-nos tomar por exemplo as repetições encontradas nos poemas: uns consideram-nas interpolações, outros as tomam como resíduos da forma original; neste caso, as repetições funcionariam como refrões, para marcar a cadência do texto transmitido oralmente. Como afirmar quem está com a razão?

De qualquer forma, em sua essência, ambos os poemas, e principalmente a *Odisseia*, trazem uma trama complexa e fascinante, com uma estrutura surpreendentemente moderna.

A *Odisseia* (de *Odusseús* ou *Olusseús*, forma grega de Ulisses), que aqui é recontada em prosa, narra as aventuras fantásticas de Ulisses, o rei de Ítaca, em seu caminho de volta para casa após a guerra de Troia, e sua incrível batalha contra os pretendentes que assediaram sua esposa Penélope durante sua ausência. E, mais do que isso, é a história do amadurecimento da personalidade de Ulisses, que é posto à prova a cada novo encontro – com o gigante Polifemo, as sereias, a ninfa Calipso, Circe, a feiticeira, ou a casta Nausica.

Se Homero existiu ou não, onde e quando nasceu são questões que se tornam irrelevantes; basta-nos saber que sobrevive na figura do grande Ulisses, o mais astuto dos heróis, que influenciou quase todos os escritores gregos e romanos da Antiguidade e, indiretamente, continua a influenciar a literatura de nossos dias.

A GUERRA DE TROIA E A SUA ORIGEM

Certo dia, no meio de uma festa de núpcias a que compareceram os deuses do Olimpo, Éris, a deusa da discórdia, despeitada de não ter sido convidada, surgiu inesperadamente e atirou ao chão um fascinante pomo de ouro, dizendo que deveria pertencer à mais bela das deusas. Três delas – Atena, Hera e Afrodite – precipitaram-se para apanhá-lo.

Zeus, o pai dos deuses, pressentindo uma tragédia, interveio, mas, não querendo tomar partido em assunto tão delicado, tentou esquivar-se, nomeando outro deus para dirimir a questão. Como nenhum dos escolhidos aceitasse a incumbência por temer o rancor das perdedoras, Zeus, em sua sabedoria, chamou Hermes, o mensageiro do Olimpo, e disse-lhe que submetesse o caso a um mortal.

A escolha recaiu em Páris, um príncipe troiano, que foi imediatamente convocado. Cada deusa exibiu os seus predicados e tentou comprar a simpatia do juiz com ofertas irrecusáveis. Hera prometeu torná-lo rei de toda a vasta Ásia. Atena assegurou-lhe o dom da sabedoria e a vitória nos combates. Afrodite garantiu-lhe o amor da mulher mais bela da Terra.

Depois de muito refletir, o troiano proferiu sua sentença: o pomo cobiçado coube a Afrodite, a deusa do amor.

A mais bela das mulheres, porém, era Helena, esposa de Menelau, rei de Esparta. Páris, mesmo informado disso, não desistiu de seu propósito. Viajou para o sul da Grécia e foi muito bem recebido por Menelau, que de nada suspeitava. Ajudado por Afrodite, conseguiu seduzir a belíssima Helena e levou-a para Troia, com muitas joias e objetos de valor.

Indignado, Menelau convocou os chefes gregos para uma assembleia, onde ficou decidido que a Grécia vingaria o ultraje e marcharia unida contra a poderosa Troia.

Começou assim uma guerra sanguinária, que se estendeu por dez longos anos, até que, recorrendo a um hábil estratagema – o célebre cavalo de madeira –, os gregos acabaram por tomar a cidade.

Depois de arrasarem todas as casas, não deixando pedra sobre pedra, e de matarem os seus habitantes, os invasores transportaram para as naus o rico saque que haviam recolhido. Agora só lhes faltava voltar para a pátria distante, onde os aguardavam, ansiosos, os braços das esposas amorosas.

Entre os chefes gregos havia um, porém, a quem os companheiros admiravam pela astúcia e pela coragem. Era Ulisses, o maior herói da Grécia antiga, que viera de Ítaca, uma pequena ilha do mar Jônio, onde reinava com justiça e sabedoria. Saudoso de casa, da mulher e do filho, fez-se ao mar, sem saber que teria de padecer outros dez anos antes de ver satisfeitos os seus desejos.

E é nesta viagem de volta, recheada de aventuras espantosas e lances emocionantes, que você irá mergulhar...

Os cícones e os lotófagos

Ulisses reuniu os marinheiros da sua frota de doze naus e exortou-os a partir. Terminada a guerra, ansiava por pisar de novo o solo pátrio e abraçar os pais idosos, a esposa Penélope e Telêmaco, o filho que deixara ainda pequeno — lembranças que não se apagavam.

Com as velas desfraldadas, foram navegando em direção ao mar alto, deixando para trás as ruínas fumegantes de Troia, onde perderam a vida tantos e tão caros companheiros. O dia estava nublado, o céu escuro e o vento, que soprava forte, em lugar de impeli-los para o sul, levou-os para o norte, afastando-os ainda mais de Ítaca. Quando deram pelo erro, estavam diante da costa da Trácia, numa região habitada pelos cícones, povo de uma riqueza legendária. Uma cidade emergiu da bruma, acendendo a cobiça dos marujos. Enviesaram para o porto, e o que viram ultrapassou tudo o que poderiam imaginar.

Tinham chegado à opulenta Ísmaro, com seus palácios dourados, que compunham um agradável contraste com as casas ajardinadas e os templos de brancura imaculada.

Nas ruas, as lojas exibiam produtos das mais variadas procedências e as pessoas trajavam roupas luxuosas, recamadas com fios de ouro e pedrarias. Os cícones eram um povo alegre e afável. Acolheram os estrangeiros com toda a cortesia, oferecendo-lhes comida farta e um vinho forte e saboroso.

Os doces dias de prazer e paz, porém, não duraram. Acostumados a se apoderar de tudo o que lhes agradava, os gregos não resistiram à sedução de tanta riqueza e puseram-se a pilhar a cidade. Por mais que se esforçasse, Ulisses não conseguiu conter-lhes a sanha. Em toda a parte, casas eram invadidas, mulheres eram raptadas, homens eram mortos. Nem mesmo um templo escapou à sua incontrolável cupidez. Arrombaram-lhe as portas e foram interceptados por um sacerdote, que de dedo em riste os enfrentou:

– Amaldiçoado seja quem profana a morada do poderoso Apolo!

E, depois de um grave silêncio, disse em tom mais brando:

– Ao contrário, quem o visita com o coração sem ódio e a alma contrita, recebe presentes valiosos e é contemplado com a sua proteção!

Notando que as suas palavras penetravam fundo no espírito dos invasores, conduziu-os a uma sala ampla no recesso do templo, onde lhes entregou reluzentes moedas de ouro e doze odres, que encheu com um vinho saboroso e sem mistura, reservado para as libações ao deus.

Os gregos deram-se por satisfeitos e não só pouparam a vida de Náron – era esse o nome do sacerdote –, de sua mulher e filho, como também deixaram o templo intacto, retornando ao porto onde estavam ancoradas as naus. Mas, em vez de atenderem aos conselhos de Ulisses, embarcando sem demora, começaram a se embriagar.

Ali mesmo, na praia, degolaram muitos bois e ovelhas, que assaram em brasa viva.

Nesse meio tempo, contudo, os cícones que haviam escapado ao massacre foram pedir auxílio aos seus vizinhos das montanhas, muito mais afeitos aos combates. Mal abriu a manhã, armaram-se de suas lanças, montaram em seus corcéis e atacaram os gregos, ainda estonteados de vinho e sono. A luta era desigual: numerosos como as folhas e as flores da primavera, os cícones fizeram uma horrível carnificina.

Com os inimigos nos calcanhares, Ulisses e os sobreviventes fugiram para os barcos e retomaram viagem, desolados com a morte dos bravos companheiros.

Iam navegando no rumo certo, quando de repente o céu escureceu. O impetuoso Bóreas, o vento norte, entrou a soprar forte, açulando as ondas e rasgando as velas, que os marujos se apressaram a recolher. Correram todos aos remos e só a muito custo alcançaram terra. Acamparam durante dois dias e duas noites, aguardando que a tempestade amainasse. Tinham o ânimo consumido pelo cansaço e o coração carregado de tristeza.

Na manhã do terceiro dia, porém, um sol sem sardas e sem rugas envolveu a Terra numa prolongada carícia de calor e luz. Era o momento que esperavam. Erguido o mastro e içadas as velas, foram arando o dorso verde do mar. E teriam chegado incólumes à pátria se, ao dobrarem o Cabo Maleia, uma corrente traiçoeira e o enfurecido Bóreas não os tivessem desviado da rota de Citera, arrastando-os para o litoral da África.

Era o décimo dia de viagem e a água já escasseava.

Desembarcaram, pois, e Ulisses designou três homens para irem verificar se a região era habitada. Mas como ao cair da tarde ainda não tivessem voltado, o herói reuniu a tripulação e comunicou que na manhã seguinte sairia no encalço dos desaparecidos.

Havia percorrido um bom trecho de caminho quando topou com uma aldeia às margens de um riacho. O povo que ali vivia – os lotófagos – não parecia hostil e Ulisses não tardou a encontrar os três batedores. Mas, surpreendentemente, os homens declararam que não queriam mais voltar e preferiam ficar ali para sempre. E, abrindo as mãos, ofereceram-lhe pequenos frutos alongados, doces como o mel, que turvavam a mente de quem os provasse, amolentando-lhe a vontade e fazendo-o esquecer da pátria e dos seus.

Percebendo que com argumentos não conseguiria dissuadi-los, Ulisses recorreu à força e os obrigou a retornar às naus. E, mal avistou os companheiros, gritou-lhes que se preparassem para partir.

O gigante de um olho só

Depois de vários dias de navegação difícil, chegou Ulisses às costas de uma região deserta, que lhe pareceu ser uma ilha.

– Ancoremos nossas naus! – disse aos companheiros. – Nessa ilha devemos encontrar alimento e água em abundância.

O lugar era de fato rico em animais e em árvores frutíferas. Cabras pastavam por perto em total liberdade e aqui e acolá havia frutos oferecendo-se às mãos ávidas dos marujos.

Mataram facilmente uma boa quantidade de cabras e passaram o resto do dia banqueteando-se com a carne tenra desses animais e o delicioso vinho dos cícones. E foram dormir, certos de que nenhuma ameaça pairava no ar.

Despertados pelos primeiros raios da aurora, abasteceram os barcos com a carne que sobrara e com farta provisão de frutos. Ulisses viu então que, não muito longe do ponto onde se encontravam, havia uma pequena ilha de onde se erguia uma fina coluna de fumaça negra. Quis logo investigar o que estava por trás daquilo.

Ao desembarcar, percebeu que no cimo de uma colina coberta de loureiros abria-se uma caverna enorme, em torno da qual pastavam mansos rebanhos de cabras e ovelhas. Escolheu doze homens entre os mais valentes e, cercando-se de cautela, ordenou aos outros que voltassem à nau e se preparassem para partir a qualquer imprevisto.

Na entrada da gruta, descobriram, surpresos, uma pilha de queijos de cabra, grandes como as rodas de um carro. Apoderaram-se de um deles e o comeram. E já se dispunham a deitar a mão a outro quando sentiram o chão estremecer. Com os olhos a saltarem das órbitas, deram com uma figura de tamanho descomunal que avançava em sua direção, martelando o solo com passos pesados e firmes. O gigante trazia às costas um feixe de lenha seca que daria para encher todo um celeiro. Jogando-o ao chão, produziu tamanho estrondo que os gregos, com o coração aos pulos, precipitaram-se para dentro da caverna como coelhos assustados.

O ser gigantesco chamava-se Polifemo, era um filho dileto de Posídon e o mais terrível de todos os ciclopes, criaturas monstruosas com apenas um olho no meio da testa, encimado por basta sobrancelha.

O gigante separou algumas cabras e ovelhas e tocou-as para o interior da caverna, fechando em seguida a entrada com um bloco de pedra tão pesado que duas dúzias de sólidas carroças não seriam capazes de transportar. Sentou-se e ordenhou as fêmeas. Reservou parte do leite e pôs para coalhar, guardando o restante para a ceia. Feito isso, acendeu o fogo, e o clarão das chamas denunciou a presença dos gregos, que tentavam dissimular-se no fundo da gruta.

– Quem são vocês? – perguntou com voz de trovão.

– Somos guerreiros do exército que, comandado pelo rei Agamenon, lutou e venceu sob as muralhas da orgulhosa Troia – explicou Ulisses, armando-se de coragem. – Em nome dos deuses piedosos e das leis da hospitalidade, rogo-lhe que nos dê abrigo por esta noite!

O ciclope teve um gesto de desprezo. Não conhecia as leis da hospitalidade nem prestava obediência aos deuses, pois se julgava mais forte do que eles. Indagou se os gregos tinham vindo sós e onde haviam deixado a nau. O esperto Ulisses, a quem não escapou a manha do gigante, respondeu com falsidade:

– O barco que possuíamos foi atirado contra um rochedo por ventos traiçoeiros. Somos pobres náufragos que os deuses clementes salvaram da negra morte.

Sem dizer mais nada, o ciclope estendeu as mãos e agarrou dois marinheiros, lançando-os brutalmente ao chão como se fossem dois cachorros: miolos espalharam-se pela terra, que ficou manchada de sangue. E, tornando ainda mais horrendo o espetáculo, retalhou-os membro a membro e pôs-se a devorá-los como um leão faminto. Finalmente, como já nada mais restasse, rematou o cruel repasto sorvendo de um só gole uma tina de leite cru. Dando-se por satisfeito, aninhou-se para dormir, espichando os membros por entre as cabras e ovelhas.

Enquanto ouvia os atroadores roncos do monstro, Ulisses ia imaginando um meio de libertar-se. Seu primeiro impulso foi sacar a espada e cravá-la no ventre do gigante, vingando os desventurados companheiros. Mas controlou o ímpeto: se assim procedesse, morreriam todos à míngua, pois não teriam como arredar a rocha que os impedia de fugir.

Mal o dia clareou, o ciclope levantou-se espreguiçando, espertou o fogo e ordenhou os animais. Terminado esse trabalho, que cumpriu com admirável presteza, apanhou de novo dois marinheiros e devorou-os num piscar de olhos. Em seguida, abriu a caverna e desapareceu nas colinas, tendo antes o cuidado de vedar bem a entrada, tal como na véspera.

O ardiloso Ulisses, que em momento algum se deixou levar ao desespero, teve de súbito uma iluminação: havia na gruta um grosso tronco de oliveira que, de tão comprido, parecia o mastro de uma nau de vinte remos. Polifemo o havia cortado pensando em fabricar com ele uma clava. Disse aos companheiros que lhe aplainassem os nós e o ajudassem a aguçar uma das pontas. Levou-o então ao fogo para endurecê-lo e depois o escondeu debaixo do esterco que se acumulava no chão da gruta. Como os companheiros não atinassem com a razão de todo aquele trabalho, Ulisses explicou-lhes que pretendia enfiar a estaca pontiaguda no olho do gigante. Sorteou em seguida quatro bravos para que, juntos, cumprissem a arriscadíssima missão.

No final da tarde, o ciclope veio e desta vez recolheu todo o rebanho ao interior da gruta, pressentindo talvez algum perigo. Tal como na véspera, ordenhou várias cabras e ovelhas e devorou mais dois homens.

Sem perder tempo, Ulisses aproximou-se e mostrou-lhe um odre cheio do excelente vinho dos cícones:

– Eis a bebida que tínhamos a bordo. Prove-a e verá que não existe outra igual.

Polifemo pegou o odre meio desconfiado, mas acabou espremendo-o em sua horrenda goela. O vinho agradou-lhe tanto que pediu uma segunda dose:

– Vamos, dê-me mais... Por aqui fazemos vinho, mas este é puro néctar!

Ulisses não esperava outra coisa. Entregou-lhe logo três odres, que o brutamontes imprudentemente bebeu, um atrás do outro. Já meio embriagado, perguntou a Ulisses como se chamava, pois queria demonstrar-lhe sua gratidão com um presente.

– Deseja mesmo saber o meu nome, ciclope? Pois Ninguém é como me chamam meus pais e companheiros – respondeu. – Agora diga-me: qual é o presente?

– O presente que tenho para você é só devorá-lo no fim, depois dos seus companheiros – e soltou uma gargalhada sonora.

Mas, como se sentisse meio tonto, deitou-se de costas e não tardou a pegar no sono. Foi o quanto bastou para que Ulisses fizesse um sinal aos companheiros, que trouxeram a estaca e juntos a levaram ao fogo para que a extremidade ficasse em brasa. Apontaram-na então corajosamente para a pálpebra do cruel ciclope. Ulisses, segurando-a por trás, impeliu-a com todo o peso do seu corpo e a fez girar como uma verruma mal ouviu o chiado da madeira incandescente revolvendo-se no olho do gigante. Despertado pela dor, Polifemo soltou um urro tão medonho que os gregos recuaram aterrorizados. Arrancando do olho a estaca suja de sangue, pôs-se a gritar por socorro. Os outros ciclopes acudiram imediatamente e, sem entrar na caverna, indagaram:

– Por que todo esse alarido? Há alguém roubando os seus rebanhos? Ou será que o feriram?

– Foi Ninguém! Ninguém me feriu!

– Se ninguém o feriu, por que não nos deixa dormir em paz?

E, resmungando e praguejando, voltaram para as suas cavernas, convencidos de que Polifemo havia perdido o juízo. Enlouquecido pela raiva e pela dor, o monstro foi até a entrada da gruta, removeu a rocha e sentou-se, na esperança de agarrar o primeiro que tentasse escapulir.

Não contava, porém, com a esperteza de Ulisses. Alguns dos carneiros que estavam na gruta eram muito corpulentos e lanudos. Ocorreu ao herói que, com as tiras de vime da enxerga onde dormia o ciclope, podia atá-los três a três, de modo que o do meio levasse um homem amarrado à espessa lã do ventre. E, escolhendo depois para si o maior carneiro do rebanho, segurou-se como pôde ao seu farto velo, já que não havia quem o atasse. Graças a esse artifício, os gregos iludiram a inspeção do gigante, que, ao apalpar os dorsos dos animais à medida que iam saindo, não descobriu nenhum homem.

Quando se viu a uma distância segura, Ulisses soltou os amigos, que desataram a correr com quantas pernas tinham em direção à nau, onde foram festivamente recebidos pelos companheiros, que já os julgavam mortos.

Ulisses, no entanto, quis tripudiar. Com os marujos a ferirem as ondas com suas remadas ligeiras, foi até a popa e gritou a plenos pulmões:

– Apareça, imbecil! Venha saber quem furou o seu olho nojento! Foi o filho de Laerte, o invencível Ulisses, rei de Ítaca!

Ao ouvir essa provocação, Polifemo exasperou-se ainda mais. Arrancou uma rocha encravada no cume de uma montanha e, alucinado pela ira, arremessou-a na direção da voz, por pouco não esmagando o frágil barco. Apavorados, os marinheiros suplicaram a Ulisses que se calasse e remaram com redobrada força para onde estavam fundeadas as outras naus.

O saco misterioso

O reencontro foi alegremente comemorado: levaram ao espeto as ovelhas que tinham roubado do ciclope e passaram o resto do dia banqueteando-se.

Na manhã seguinte, aproveitando-se do vento propício, içaram as velas e partiram confiantes. Depois de navegarem um bom trecho de mar, chegaram a uma ilha flutuante, rodeada por inexpugnáveis muralhas de bronze. Era a ilha de Éolo, o rei dos ventos, que vivia num palácio deslumbrante com a esposa e doze filhos: seis rapazes e seis moças.

O rei mandou abrir-lhes hospitaleiramente as portas, acolhendo-os com luxo e cordialidade. Perguntou a Ulisses de onde vinham e pediu-lhe que contasse suas aventuras. O herói não se fez de rogado e pôs tanta arte nessa narrativa que todos o escutaram encantados. Como recompensa, Éolo começou por oferecer valiosos presentes a ele e aos companheiros e depois lhes serviu copiosos banquetes, que se prolongaram por quase um mês. Então, como Ulisses lhe manifestasse o desejo de partir, chamou-o a um canto e entregou-lhe um imenso saco de couro, explicando-lhe como deveria utilizá-lo. Foi em seguida atá-lo pessoalmente à nau do herói com um cordão de prata.

Os marinheiros esfregaram as mãos de contentes, julgando que se tratava de mais um tesouro. Deram os últimos adeuses a Éolo e, no momento de dividirem os presentes, ficaram muito frustrados ao ver que Ulisses havia guardado o saco só para si. Não se contendo, indagaram:

– E aquele saco? Não vai dividi-lo conosco?

– Não! – exclamou rispidamente o herói. – Isso eu não posso fazer! Mas peço-lhes que confiem em mim, pois nunca os enganei. O saco deve ficar em meu poder para o bem de todos nós.

Os marinheiros puseram-se a resmungar, visivelmente contrariados. Ulisses percebeu que teria de manter os olhos bem abertos e vigiar de perto o cobiçado saco.

Éolo, como prometera, tinha feito soprar sobre os barcos uma brisa favorável, que ia impelindo mansamente Ulisses na direção de sua amada Ítaca. A alegria de rever em breve a mulher e o filho o excitava a ponto de impedi-lo de dormir, e isso vinha a calhar, pois os marujos contavam com o seu sono para se apoderarem do saco.

Mas uma noite, extenuado pela vigília contínua, adormeceu pesadamente. Os marinheiros aproveitaram a ocasião e precipitaram-se avidamente para o saco, querendo examinar o seu conteúdo. Desfizeram rapidamente os laços e, mal o abriram, uma borrasca terrível começou a soprar, rompendo as velas, partindo os mastros e afastando as naus de Ítaca. No saco que Éolo dera a Ulisses estavam encerrados os ventos funestos e traiçoeiros que até aquele momento haviam impedido o herói de retornar à terra natal. Agora livres, esses ventos voltavam a soprar, empurrando os barcos no sentido contrário.

Despertado pelo barulho ensurdecedor da tempestade, o que Ulisses viu diante de si, em vez da Ítaca tão esperada, foi o litoral vulcânico da ilha de Éolo, que não contava tornar a ver. Tomado de grande desânimo, ficou muito tempo em silêncio, a pensar se deveria atirar-se ao mar e morrer, ou suportar tudo com resignação e permanecer no mundo dos vivos.

As naus acabaram encalhando na praia, sem graves avarias, e Ulisses resolveu fazer nova visita a Éolo, acompanhado de dois marinheiros. O rei recebeu-os com quatro pedras na mão:

– Você é um tolo, Ulisses! – gritou. – Desapareça da minha frente e recomece a sua viagem interminável! Agora eu sei por que os deuses lhe são hostis!

Desapontados, os três voltaram para os barcos e puseram-se a remar, pois já não eram ajudados por nenhum vento amigo.

Circe, a feiticeira

Ulisses prosseguiu viagem. Sentia-se ao mesmo tempo alegre e triste. Triste pelos companheiros que perdera até ali e alegre por haver, apesar de tudo, escapado às garras da morte.

Pensava que por fim os deuses se compadeceriam de sua sorte e lhe permitiriam voltar à sua Ítaca. Dizia aos companheiros:

– Amigos, os deuses são caprichosos e inconstantes. Se até agora nos perseguiram, não tardarão a se mostrar favoráveis.

Subitamente, como que confirmando essas palavras, um grito ecoou pelo convés: era o vigia que, do alto da gávea, anunciava:

– Terra à vista!

A pequena mancha que se avistava no horizonte era a ilha de Eeia, onde morava Circe, uma feiticeira de beleza radiosa, filha de Hélio, o deus Sol.

Ulisses conduziu o barco para a margem, em direção a um porto remansoso, onde desembarcou em segurança. Reunindo a tripulação, recomendou muita prudência.

Os dois primeiros dias foram de descanso e paz. Na manhã do terceiro dia, porém, a necessidade de obter alimento levou Ulisses a fazer uma excursão ao interior da ilha. Depois de embrenhar-se na mata durante algumas horas, viu um enorme cervo que, atormentado pelo calor, matava a sede à beira de um regato. Era a oportunidade que o herói esperava: atravessou-o com a lança comprida e pontiaguda, atando-lhe em seguida as pernas a dois pedaços de pau. Pôde assim arrastá-lo – pois era pesado demais para ser carregado nos ombros – para onde se encontravam os companheiros, que, ao vê-lo chegar com tão bela presa, prorromperam em aplausos.

Puderam assim saciar a fome e dormir um sono merecido. Na manhã seguinte, Ulisses convocou-os e disse-lhes:

– Temos de explorar esta ilha e ver se quem a habita é amigo ou inimigo. Por precaução, vamos dividir-nos em dois grupos, um comandado por mim, o outro por Euríloco. Em seguida, sortearemos aquele que deverá partir em missão de reconhecimento.

Quis a sorte que Euríloco fosse o escolhido. Seguiu, pois, à frente de vinte e dois companheiros, que iam chorosos e contrariados, receando novas ciladas. Haviam caminhado um bom pedaço quando chegaram a um vale verdejante onde se erguia um imponente palácio. Euríloco, suspeitando de algum embuste, ficou para trás, enquanto os demais, que ardiam de curiosidade, avançavam precipitadamente, deixando de lado a cautela.

Estavam quase às portas do palácio quando se viram rodeados por leões e lobos. Os animais, contudo, não os atacaram. Abanavam as caudas e lambiam-lhes, submissamente, as mãos, como cães festejando a chegada dos donos. Sob os olhares tristes daquelas feras dóceis, avançaram mais alguns metros e pararam no pátio do palácio. Ouviram então os melodiosos acordes de uma voz suave de mulher. Atraídos pela melodia, bateram à porta, capitaneados por Polites, guerreiro valoroso que já comprovara a sua bravura junto aos muros inexpugnáveis de Troia.

Circe – pois era a feiticeira quem cantava no interior do palácio – veio recebê-los e convidou-os gentilmente a entrar. Em sua imprudência, todos obedeceram e foram sentar-se em majestosas cadeiras. Ela ordenou então às criadas que lhes servissem uma bebida saborosa em que havia mel e vinho. Mas o que eles ignoravam é que a malvada havia adicionado à poção umas gotinhas de certa droga misteriosa que os faria esquecer a terra natal. Não satisfeita, a bruxa tocou-os com uma varinha mágica, transformando-os em porcos e prendendo-os num chiqueiro. E, para aumentar o sofrimento dos infelizes, conservou-lhes a consciência. Tornaram-se assim homens aprisionados em repulsivos corpos de animais.

Apavorado, Euríloco assistia à cena sem nada poder fazer. Discretamente, arrepiou carreira e foi informar a Ulisses o trágico destino dos companheiros.

Presa de grande indignação, o herói armou-se de sua espada e pôs aos ombros o arco certeiro. Não dando ouvidos às súplicas e aos argumentos de Euríloco, que tentava dissuadi-lo da temerária empresa, tomou o rumo do palácio da feiticeira. Teria o mesmo destino inglório dos companheiros se, quase ao chegar, não tivesse sido detido por um jovem que, atravessando-se em seu caminho, disse-lhe:

– Aonde vai com tanta pressa, ó insensato? Quer ser transformado em porco, como os outros? – Era Hermes, o mensageiro dos deuses, enviado para protegê-lo. – Toma esta planta milagrosa que cortará os efeitos da poção de Circe. E, quando a bruxa apontar a varinha mágica para o seu corpo, saque da espada e invista contra ela, como se a quisesse matar.

Ditas essas palavras, o deus alçou voo para o alto Olimpo. Ulisses foi recebido por Circe, que, depois de conduzi-lo a uma cadeira cravejada de prata, serviu-lhe uma bebida olorosa numa taça de ouro. O herói deixou cair nela, disfarçadamente, a erva que Hermes lhe dera e bebeu-a até o fim, gole por gole. A feiticeira, julgando que o tinha sob seu domínio, tocou-o com a varinha e ordenou:

– Vá juntar-se aos seus amigos no chiqueiro!

Mas, para sua surpresa, Ulisses tirou a espada da bainha e ameaçou transpassá-la. A feiticeira, amedrontada e sem acreditar no que seus olhos viam, prostrou-se aos pés do herói, implorando piedade:

– Só um homem na terra conseguiria escapar da minha poção mágica... Você não pode ser outro senão Ulisses, o mais ardiloso dos mortais! Largue essa espada e venha partilhar meu leito, para que, unidos pelos doces laços do amor, possamos confiar um no outro...

O desconfiado Ulisses replicou:

– Não, por mais atraente e honroso que seja este convite, não o aceitarei sem antes ouvir de seus lábios a promessa de que libertará meus companheiros e lhes devolverá a forma humana.

Circe aquiesceu e prestou o solene juramento que só os deuses conhecem e que não admite transgressão. Mal acabou de pronunciá-lo, Ulisses deu-lhe a mão e seguiram juntos para o leito esplêndido, onde se desfizeram em puro amor.

Na manhã seguinte, ao acordarem, a feiticeira ordenou às criadas que servissem ao herói iguarias só reservadas aos deuses, acompanhadas de capitoso vinho. Vendo, porém, que Ulisses não se animava a prová-las nem estendia a mão para a rutilante taça cravejada de rubis e esmeraldas, disse:

– Sinto que a desconfiança e a tristeza continuam a habitar o seu coração. Mas asseguro-lhe, não há nada que temer...

– Ó Circe – tornou o herói –, que homem seria insensível o bastante para entregar-se aos prazeres da mesa antes de libertar os amigos ou de os ver com os próprios olhos?

A deusa fitou-o com uma admiração crescente. Pondo-se de pé, encaminhou-se para a pocilga e abriu-a, conduzindo para fora um grupo de animais gordinhos que não paravam de grunhir. Untou-os então com uma pasta que fez cair os pelos e os transformou de novo em homens, ainda mais jovens e bonitos do que eram antes. Estes, ao perceberem que estavam salvos, derramaram lágrimas de alegria e agarraram-se uns aos outros, trocando abraços comovidos. Ulisses, igualmente enternecido, associou-se a essas manifestações de regozijo.

Sensibilizada com a cena, Circe disse a Ulisses que fosse buscar o resto da tripulação, pois queria mostrar a todos o calor da sua hospitalidade. O herói não se fez de rogado. Tornou à nau, mas teve de dobrar a resistência dos marujos, que temiam ser transformados em porcos, leões ou lobos e ficar na ilha para sempre. Com palavras cheias de persuasão e recorrendo até a ameaças, acabou por convencê-los.

Puderam então desfrutar uma vida regalada, participando diariamente de banquetes fartos a que não faltavam os mais saborosos vinhos.

Passaram-se meses e mais meses. Ao fim de um ano, a saudade começou a apertar e, já cansados da monotonia de uma vida sempre igual, os marinheiros foram ter com Ulisses e disseram:

– É hora de voltarmos para a montanhosa Ítaca, onde nos aguardam nossas mulheres e nossos filhos.

Essas palavras calaram fundo no coração do herói, que já acalentava esse mesmo sentimento. Naquele dia, ao subir ao leito da deslumbrante Circe, abraçou-lhe carinhosamente os joelhos e, com lágrimas nos olhos, comunicou-lhe o desejo dos companheiros, que era também o seu.

A feiticeira, que o amava com um amor cheio de compreensão, sorriu com soberana amargura. Sabia que o destino de Ulisses não era ficar na ociosidade imortal do seu leito, longe dos que necessitavam da proteção dos seus braços fortes. Pousando no ombro largo do herói dedos tão claros como os da radiosa Aurora, disse-lhe:

– Se é sua vontade voltar para junto de sua esposa mortal, siga à letra os conselhos que lhe vou dar. Vá antes até o Hades, o inferno sinistro onde reina a terrível Perséfone, para ali ouvir do sábio Tirésias, o cego que mais do que ninguém conhece os mistérios insondáveis do futuro, a maneira mais segura e rápida de regressar à acolhedora Ítaca.

Vendo que Ulisses assentia, Circe ensinou-lhe o caminho para a morada dos mortos, cujo acesso é vedado aos vivos. E, depois de um breve silêncio, prosseguiu:

– Quando entrar nessa região inóspita, cave um fosso e faça em torno dele três libações aos mortos, a primeira com mel, a segunda com vinho de boa cepa e a última com água, polvilhando por cima branca farinha de cevada. Depois de orar pelas almas dos que se foram desta vida, sacrifique-lhes um carneiro e uma ovelha preta. As sombras dos mortos não tardarão a aparecer, atraídas pelo cheiro do sacrifício. Evite, porém, a qualquer custo que os mortos provem o sangue dos animais antes de Tirésias, pois do contrário o adivinho não lhe dará as informações que deseja. Em seguida, volte a meu palácio e eu lhe direi como vencer os perigos do mar imenso.

A morada dos mortos

A viagem desde Eeia até o Hades, a terra dos mortos, seria normalmente longa, mas graças aos ventos favoráveis enviados por Circe, o barco, com as velas sempre enfunadas e navegando em linha reta, pôde completá-la em apenas um dia.

Ao cair da tarde, o céu perdeu as cores e uma névoa densa e escura envolveu a nau. Tinham chegado a uma região de trevas e sombras, jamais iluminada pelo sol. Era ali que ficavam a terra e a cidade de um povo misterioso e mítico, os cimérios.

Depois de lançarem âncora, os gregos desembarcaram levando a ovelha preta e o carneiro que Circe lhes dera para serem sacrificados aos mortos. Caminharam ao longo da praia, até o ponto que ela havia indicado. Era um local árido onde não medrava vegetação alguma, habitado pelo silêncio e por rochas nuas e ásperas. Ali cavaram um fosso e imolaram as vítimas.

Atraídas pelo cheiro do sangue, as sombras dos mortos acorreram e vieram postar-se em torno dos animais. Entre elas havia homens e mulheres já encanecidos pelos anos, mas também muitos rapazes, moças e até algumas crianças... De suas gargantas saíam gritos tão aflitos e tão pungentes que comoveram os gregos. Mas, como o sangue estava reservado para o cego

Tirésias, Ulisses sacou da espada e não permitiu que aquelas pálidas criaturas dele bebessem.

Uma sombra querida aproximou-se do herói: era a alma de Anticleia, sua mãe, que ele deixara viva ao partir para Troia. Ela quis chegar ao sangue, mas, muito a contragosto e com o coração em pedaços, o filho barrou-lhe o caminho.

Ulisses tinha ainda os olhos rasos de lágrimas, quando viu avançar em sua direção o cego Tirésias, trazendo nas mãos um cetro de ouro. Com voz cavernosa, o adivinho foi logo dizendo:

– Infeliz Ulisses, filho de Laerte, o que o levou a deixar a luz do sol e baixar a este local de dor? Vamos, afaste-se do fosso! Esconda o gume da sua cortante espada para que eu beba o sangue e anuncie o meu oráculo.

Vendo que o herói devolvia à bainha a bela espada onde luziam cravos de prata, Tirésias sorveu lentamente o sangue escuro e entoou as seguintes palavras:

– O cruel Posídon tenta impedir o seu ansiado regresso, pois quer vingar a cegueira imposta a Polifemo. Você terá ainda de enfrentar muitos perigos no mar escuro, mas acabará por superá-los se for forte o bastante para impedir que seus companheiros ataquem os rebanhos de Hélio, que tudo vê e tudo escuta. Do contrário, o seu barco soçobrará nas águas do negro oceano, arrastando consigo toda a tripulação. Se por graça do destino conseguir escapar, só depois de longos anos e inúmeras provações logrará rever os que lhe são caros. E mesmo debaixo do amado teto ainda haverá muita dor e mortes incontáveis...

– Sou-lhe grato, sábio Tirésias, por ter revelado o destino que me teceram os deuses. Tenho, porém, uma última pergunta: por que motivo a alma de minha falecida mãe continua sentada em silêncio junto ao sangue e não me dirige a palavra nem se digna a olhar-me nos olhos? De que modo poderei atrair a sua atenção?

– A resposta é fácil, piedoso Ulisses – retorquiu o adivinho. – Somente quando provam sangue ou alimentos próprios dos vivos é que os mortos recuperam a condição terrena, ainda que por um breve tempo...

Proferidas essas palavras, a sombra de Tirésias desapareceu.

Ulisses permaneceu imóvel, à espera de que Anticleia se aproximasse e bebesse o sangue escuro. Ela o fez e prontamente o reconheceu:

– Você ainda está vivo, filho querido! Mas como pôde descer a este lugar cujo acesso é vedado aos mortais? Está vindo de Troia ou da nossa bela Ítaca?

– Minha mãe, o que me trouxe aqui foi a necessidade de consultar Tirésias, o sábio adivinho. Ainda continuo errante, padecendo mil desgostos e aflições sem conta. Mas diga-me, qual foi a causa de sua morte? Uma doença prolongada? Dê-me também notícias de meu filho, de minha Penélope...

Continua fiel ou, cansada de esperar pelo meu regresso, decidiu casar-se com algum nobre pretendente?

– Tranquilize-se, filho. Ela não o esqueceu nem jamais o esquecerá: passa os dias e as noites chorando sua infinita tristeza. Quanto a mim, foi por não resistir à dor da sua ausência que morri, deixando a vida, mais doce do que o mel.

Comovido, Ulisses estendeu os braços querendo acarinhá-la, mas angustiado viu que era impossível, a imagem de Anticleia já perdia os contornos, esfumava-se como num sonho. Três vezes tentou alcançá-la, impelido por vontade irresistível, e três vezes ela desapareceu por entre suas mãos, como uma sombra.

Nesse momento, outras almas que se haviam mantido a uma distância respeitosa aproximaram-se e Ulisses reconheceu entre elas seus velhos companheiros da guerra de Troia: Agamenon, Aquiles, Pátroclo, Ájax...

Apesar do desconforto que lhe inspirava aquele lugar, demorou-se um pouco mais e falou com os amigos queridos. Agamenon, que tinha sido traiçoeiramente assassinado pela própria esposa Clitemnestra ao retornar a Micenas, sua pátria, aconselhou-o a desembarcar incógnito em Ítaca e não revelar a sua presença antes de avaliar bem a situação e de conhecer os inimigos.

E dos lábios do terrível Aquiles, o mais forte dos gregos, a quem disse considerar o mais feliz dos homens, porque, quando vivo, era honrado como um deus e agora, no Hades, reinava sobre os mortos, ouviu estas palavras de surpreendente verdade:

– Não tente consolar-me a respeito da morte. Mil vezes melhor é servir como escravo a um lavrador miserável do que ser rei e senhor no reino dos mortos!

E depois de trocar mais algumas palavras com seus antigos companheiros, decidiu-se enfim a partir daquele lugar sinistro... E foi com enorme alívio que viu de novo a luz e pôde contemplar as cores do céu e do mar.

Retornou à ilha de Eeia, como Circe lhe recomendara, a fim de receber os últimos conselhos da feiticeira.

As cruéis sereias

Um dos mais terríveis perigos que Ulisses teve de enfrentar em seu regresso a Ítaca foram as sereias, demônios marinhos com rosto de mulher, mas dotados de asas e garras de aves de rapina. Seu canto era tão melodioso e sedutor que atraía irresistivelmente todos os marujos que passavam pelas vizinhanças da ilha onde elas viviam. Os navios aproximavam-se então imprudentemente da costa pontilhada de escolhos agudos e de íngremes rochedos e rachavam os cascos, soçobrando nas águas pardacentas. Os náufragos que porventura conseguissem alcançar terra eram impiedosamente devorados por esses seres demoníacos.

Advertidos por Circe, Ulisses e seus companheiros sabiam perfeitamente o que deviam fazer mal avistassem a ilha das sereias. Tinham de trabalhar rápido antes que uma só nota de seu harmonioso canto viajasse pelos ares.

Vedaram, pois, cuidadosamente os ouvidos com pedaços de cera de abelha, que haviam recolhido na ilha de Eeia, e depois amarraram Ulisses ao mastro com cordas sólidas. Fora essa a forma que o herói havia imaginado para, de maneira segura, satisfazer a sua insaciável curiosidade, um dos traços marcantes do seu espírito.

Mal tinham os companheiros acabado de cingir o corpo de Ulisses com os últimos nós, as sereias, enxergando ao longe o barco dos gregos, iniciaram o seu canto mavioso e aliciante:

– *Venha, Ulisses, honra e orgulho da nobre Grécia! Aproxime-se para ouvir a nossa voz! Quem por aqui passa deleita-se com nossas melodias, escuta os feitos dos gregos na altiva Troia e penetra os segredos do universo.*

Seduzido por tais apelos, o herói ordenou asperamente aos companheiros que o soltassem, mas estes, com os ouvidos

entupidos pela cera, continuavam tranquilos a remar. Percebendo, porém, que Ulisses fazia esforços desesperados para libertar-se, dois deles se levantaram e foram reforçar ainda mais os laços.

    Apenas quando a ilha das cruéis sereias desapareceu no horizonte é que os marujos, cientes de que já não havia perigo, retiraram a cera que lhes tapava os ouvidos e cortaram as cordas que prendiam o astuto Ulisses ao mastro da nau.

Cila e Caribde

A nau de Ulisses continuava cortando as ondas quando de repente chegou à entrada de um estreito guardado por dois monstros terríveis conhecidos como Cila e Caribde.

O herói lembrou-se das palavras de Circe advertindo-o para mais esse perigo: "Encontrará adiante dois escolhos, um dos quais toca o alto céu com seu pico afilado e está coberto por nuvens negras que jamais o abandonam. No meio desse escolho há uma caverna escura, voltada para onde o sol se põe: é para ele que você deve dirigir a proa da sua nau. É a morada de Cila, monstro maldito que uiva como uma cadela. Com os seus doze pés, todos disformes, e seis horripilantes cabeças em que brilham três séries de dentes aguçados, faz tremer o mais destemido dos homens. Metade do seu corpo está mergulhado na caverna e, sempre a espiar em redor do escolho, ataca qualquer ser vivo que ouse avizinhar-se. Muitos marujos foram engolidos por ele, depois de lentamente mastigados. O segundo escolho não é tão alto quanto o primeiro. Nele se ergue uma frondosa figueira-brava, embaixo da qual Caribde abre a sua boca horrenda, aspirando grande volume de água para em seguida expeli-la em turbilhões tão violentos que não há barco que lhes possa resistir. Procure manter-se a uma distância prudente, para não servir de pasto a esse monstro".

Recorrendo a todas as suas habilidades de navegador, Ulisses ia atravessando cautelosamente o estreito, sem despregar os olhos de Caribde, com receio da morte. Quase ao fim da travessia, a tripulação já experimentava certo alívio quando de súbito se ouviram gritos de desespero do lado da popa. Ao tentar evitar a garganta voraz de Caribde, a nau aproximara-se demais de Cila, que estendeu as garras arrebatando seis marinheiros.

Ulisses ergueu os olhos e viu pés e braços debatendo-se desesperadamente para escapar à morte. Das bocas dos desgraçados

partiam inúteis e lancinantes brados de socorro, que foram diminuindo de intensidade até desaparecerem de todo na insaciável goela do cruel Cila.

E assim, ainda chorando a perda dos infelizes companheiros, Ulisses foi superando mais um obstáculo, mais uma provação...

Os rebanhos de Hélio

A nau avançava lentamente, impelida por ventos brandos. Os víveres começavam a faltar, os homens perdiam suas forças, e só Ulisses ainda se mantinha de pé agarrado ao leme, sem esmorecer.

Pouco tempo depois, avistou uma ilha verde e aprazível, que reconheceu ser a ilha de Hélio, filho do titã Hipérion e irmão da Aurora e da Lua. Quis passar ao largo, pois tinha presentes na memória as palavras de Tirésias, o adivinho cego, e de Circe, a feiticeira, que lhe haviam recomendado com muita insistência que evitasse ali aportar. Contudo, nas colinas dessa ilha pastava uma tal quantidade de vacas e ovelhas que seus mugidos e balidos chegaram aos ouvidos dos marujos, despertando-os da modorra em que se encontravam. Ulisses tentou adverti-los:

– Amigos, ouçam o que nos aconselha a prudência! Sejam pacientes! Será uma loucura parar nessa ilha onde grandes perigos nos ameaçam! Tirésias e Circe profetizaram que, se o fizéssemos, incontáveis desgraças se abateriam sobre nós!

Mas os companheiros não se deixaram convencer. Euríloco adiantou-se para falar em nome deles:

– Cauteloso Ulisses! Por ser mais resistente do que nós, você julga que todos são de ferro e não nos permite abordar nessa ilha, onde poderíamos saciar a fome e descansar nossos corpos moídos por tão longa viagem.

Ulisses ainda tentou insistir, mas não conseguiu demovê-los. Fez, porém, um novo apelo:

– Está bem. Suplico-lhes, no entanto, que não se esqueçam do seguinte: essa ilha pertence ao deus Hélio, o Sol, que com seus raios aquece e deleita os mortais! Se tocarem em suas gordas vacas ou numa única de suas ovelhas, cometerão infame sacrilégio e hão de pagar com a vida essa temeridade!

Os marinheiros juraram que respeitariam os rebanhos. Sabiam caçar e pescar, não desafiariam a ira do deus.

O barco fundeou num porto próximo à costa, de onde se ouvia o suave murmúrio de uma fonte de água doce. Nos primeiros dias tudo correu às mil maravilhas. Banhavam-se em água cristalina, pescavam peixes de carne tenra e saborosa, que depois assavam na praia. Nada lhes faltava...

Ao fim de uma semana, porém, desabou uma tempestade que afastou os cardumes de peixes e os marujos ficaram sem ter o que comer. Tentaram então caçar, mas os animais eram raros ou muito ariscos, e a fome começou a atormentá-los.

Certa tarde, aproveitando-se da ausência de Ulisses, que se havia afastado para o interior da ilha, Euríloco reuniu os companheiros e lhes propôs que fossem roubar algumas vacas do divino Hélio.

– Quando regressarmos a Ítaca – acrescentou para encorajá-los –, construiremos um rico templo em honra de Hélio, que há de nos perdoar a ofensa.

Tranquilizados por essas palavras fatais, os marinheiros tomaram o rumo das colinas, onde selecionaram as melhores vacas do rebanho sagrado. Feitas as preces para aplacar os deuses, degolaram e esfolaram os animais, separando-lhes depois as coxas, que levaram ao fogo.

Ulisses já regressava quando sentiu no ar um forte cheiro de gordura queimada. Tomado de justa indignação, pôs-se a correr como um alucinado, para ver se impedia o desastre.

"Que vingança terrível nos preparará o deus como expiação de tão hediondo crime?", perguntava de si para si.

Mal deu com os companheiros, repreendeu-os asperamente e exortou-os a fugir o quanto antes para as naus.

Depois de içarem as brancas velas, recolheram âncora e partiram para o alto mar. Mas, mesmo ali, não estavam ao abrigo da vingança de Hélio. Vendo que já não podia ferir os gregos com a sua ira, o filho de Hipérion foi queixar-se a Zeus. O pai dos deuses e dos homens, escandalizado, atendeu aos seus rogos e fez logo aparecer uma nuvem negra por sobre a frágil nau, obscurecendo o mar. Os ventos puseram-se a bramir com violência inusitada, rompendo as cordas do mastro, que caiu pesadamente sobre a popa, esmagando o piloto. Ouviu-se o ribombar de um trovão e um raio abateu-se sobre o barco, que estremeceu e se partiu em dois, afundando com toda a tripulação.

Somente Ulisses escapou, abraçado a um pedaço de mastro, que por obra do destino passara à sua frente naquele momento de desespero. Durante nove dias o herói padeceu a fome e a sede até que, na décima noite, os deuses o levaram, completamente extenuado, para uma ilha desconhecida, onde foi recolhido por Calipso, uma ninfa benfazeja que, por amor ao mortal herói, o reteve a seu lado oito anos, gozando do mais puro deleite. Mas esta já é outra história...

A jangada de Ulisses

O dia mal clareara quando os deuses se reuniram no Olimpo. Palas Atena, preocupada com a sorte daquele que era o seu protegido, ainda em poder da ninfa Calipso, tomou a palavra:

– Pai Zeus e bem-aventurados imortais, quero lembrar-lhes que Ulisses continua sofrendo, abandonado na ilha de Calipso, que não o deixa partir. Faltam-lhe naus e companheiros que o levem pelo dorso do mar azul. E seu filho Telêmaco corre o risco de morrer, pois arma-se uma conspiração para matá-lo quando voltar da sagrada Pilo e da valente Esparta, onde foi saber notícias do pai.

– Minha filha – tranquilizou-a o pai dos deuses e dos homens –, não foi você mesma quem determinou assim? Não foi ideia sua que, ao regressar, Ulisses se vingasse dos pretendentes à mão de Penélope? Quanto a Telêmaco, proteja-o e nada de mal lhe sucederá.

E, virando-se para Hermes:

– Vá dizer a Calipso, a ninfa de belas tranças, que é meu desejo que Ulisses se faça ao mar numa jangada e chegue à Esquéria, a terra dos feaces, onde será honrado como um deus e de onde, depois de o presentearem com ouro e grande quantidade de tecidos, eles o reconduzirão a Ítaca.

Hermes tomou o caduceu, sua insígnia de arauto divino, cobriu os cabelos cor de vinho com um capacete onde batem duas asas claras, calçou divinas sandálias de ouro, nas quais outro par de brancas asas se agita, e pôs-se a voar com a rapidez do vento. Assim que pousou na distante Ogígia, dirigiu-se à gruta onde morava a doce ninfa. Encontrou-a tecendo e cantando ao pé do fogo, de onde se desprendia o agradável cheiro da lenha a queimar.

Calipso logo o reconheceu, pois todos os imortais sabem os nomes uns dos outros e lhes conhecem os feitos e os rostos soberanos, mesmo quando habitam regiões remotas.

O sutil e prudente Ulisses, porém, não estava lá. Sentado na praia, as lágrimas corriam-lhe dos olhos enquanto contemplava o mar estéril.

– Qual a razão desta visita, ó venerável deus? – indagou-lhe a ninfa.

E Hermes informou-lhe o que queria Zeus, que deixasse o herói partir o quanto antes, já que não era seu destino morrer ali, longe daqueles que ama.

Embora muito triste por ter de separar-se do amado, a divina Calipso curvou-se ao que decretara o pai dos deuses. Foi encontrar-se com Ulisses e anunciou-lhe a boa nova:

– Enxugue as lágrimas, ó infeliz, que vou conceder-lhe a liberdade. Corte compridos troncos de árvores e construa uma jangada segura que o conduza através do mar salgado.

O cauteloso Ulisses, cravando na ninfa um duro olhar que a desconfiança enegrecia, retrucou:

– Não, não o farei enquanto não estiver certo de sua sinceridade. Quero que jure solenemente que não está tramando a minha perda irreparável.

– Se é esse o seu desejo, farei o mais grave dos juramentos entre os imortais: juro pela terra, pelo vasto céu e pelas águas subterrâneas do Estige, o rio por onde são conduzidas as almas ao inferno, que não preparo a sua perda, nem misérias maiores...

Recolheu-se com Ulisses à sua gruta, onde lhe serviu ambrosia e uma taça de néctar. Disse-lhe:

– Astuto Ulisses, se lhe fosse dado saber, tanto quanto eu, os duros males que lhe reserva o destino antes de avistar as rochas de Ítaca, você não pensaria em deixar meus braços e minha hospitalidade. Por maior que seja o seu anseio de rever a fiel Penélope, ouça o que lhe digo: ela não se pode comparar a mim, pois não é justo que as mortais rivalizem em beleza ou em inteligência com as deusas imortais!

– Não me leve a mal, ninfa adorável! Bem sei que Penélope não se compara a uma deusa que não está sujeita às leis da velhice e da morte! Mas anseio tanto por tornar à pátria que, ainda que me aguardem mil perigos, não desanimarei.

E foram deitar-se. Ao fundo da gruta, Ulisses, sem desejo, e a deusa, que tanto o desejava, gozaram o doce amor, até serem tomados pelo sono.

O sol mal derramara os primeiros raios matutinos quando Ulisses começou a trabalhar em sua jangada. Cortou vinte árvores de porte médio, que desbastou com um machado de bronze, e alinhou-as sobre a areia, atando-as em seguida com um fio resistente. Na manhã do quarto dia ajeitou o leme, que reforçou com grades de amieiro para melhor aparar o embate das ondas, dando por terminada a tarefa.

No quinto dia, Calipso banhou-o numa concha com néctar, ofereceu-lhe roupas perfumadas, deu-lhe um odre de vinho tinto, um outro, maior, de água, e ainda um saco de couro com ricos presentes e alimentos saborosos. Feitas as despedidas, a deusa enviou-lhe uma brisa propícia e o herói desfraldou as velas, de coração alegre.

A tempestade

Ulisses navegava já havia dezoito dias quando avistou os sombrios montes da terra dos feaces. O céu estava limpo, o mar parecia um espelho de tão liso...

Mas eis que o vingativo Posídon viu de longe o herói e a sua jangada. Com o coração a transbordar de ódio, pensou: "Os deuses devem estar ajudando Ulisses, mas isso não me impedirá de infernizar-lhe a vida".

Reuniu várias nuvens e, agitando o mar com o tridente, produziu ondas enormes e assustadoras. Ao ver tal espetáculo, Ulisses sentiu as pernas fraquejarem e pôs-se a lastimar:

– Ah, como sou infeliz! Calipso estava certa quando me advertiu contra os perigos do mar. As vagas precipitam-se sobre mim e já não sei se conseguirei escapar à morte inglória. Melhor teria sido perecer sob as muralhas da altiva Troia, porque ao menos receberia as honras fúnebres e os gregos cantariam os meus feitos.

E logo uma onda imensa se projetou sobre ele, arrancando-lhe o remo das mãos. Ventos impetuosos partiram o mastro da jangada e atiraram a vela a grande distância. Não tendo onde apoiar-se, Ulisses caiu no mar e afundou. Tão violenta era a força das águas que ele não encontrava maneira de voltar à tona. Mas, fazendo das tripas coração, conseguiu emergir e expelir da boca a água salgada e amargosa que lhe escorria também dos cabelos e da barba.

Vendo, porém, a jangada que era projetada de um lado para o outro pelos ventos inclementes, deu enérgicas braçadas e agarrou-a. A muito custo logrou subir nela, procurando manter-se bem no meio, para não cair.

Nesse momento, uma divindade do oceano, que antes fora mortal e dotada de voz humana, compadecida da sorte do herói, voou até ele na figura de uma ave marinha e, pousando na jangada, disse-lhe, atirando-lhe um grande véu:

— Dispa essa roupa que dificulta os seus movimentos e abandone a jangada, porque só a nado poderá alcançar a terra dos feaces, onde há de encontrar a salvação. Pegue este véu protetor, estenda-o sobre o peito e quando tocar em terra firme jogue-o ao mar cor de vinho, o mais longe que puder.

Desconfiado, Ulisses não aceitou de pronto os conselhos da deusa. Estava ainda a meditar sobre as palavras que dela ouvira quando uma nova onda, mais medonha, desabou sobre a jangada, desconjuntando-a. Segurando-se a uma das tábuas, nela montou como o faria em um corcel. E, depois de despir as roupas que Calipso lhe dera, envolveu o peito com o véu e mergulhou nas ondas.

Auxiliado por Atena, que deteve a fúria dos ventos, Ulisses finalmente avistou terra após flutuar sobre as águas durante dois dias e duas noites.

Acelerando as braçadas, aproximou-se do litoral escarpado. Uma onda gigantesca impeliu-o contra um rochedo, envolvendo-o completamente. O desgraçado teria perecido se uma vez mais Atena não lhe tivesse valido: voltando à superfície, pôde afastar-se da costa e buscar com os olhos um lugar remansoso. Avistando a embocadura de um rio, nadou em sua direção e deu com uma praia calma onde se pôs a salvo. Tinha o corpo todo inchado e estava tão fraco que perdeu os sentidos e assim ficou por algum tempo.

A primeira coisa que fez ao voltar a si foi desatar o véu da deusa e lançá-lo ao rio que fluía para o mar. Afastando-se da margem, curvou o corpo e beijou a terra acolhedora. Forrou o chão com folhas, que ali existiam em abundância, deitou-se e, fechando as pálpebras, entregou-se a um sono tranquilo e reparador.

A casta Nausica

Sem saber, o herói tinha chegado a uma ilha situada um pouco ao norte da sua verde Ítaca. Era a aprazível Esquéria, a terra dos feaces, governada por Alcino, um rei generoso e justo.

Foi para o palácio desse rei que Palas Atena se dirigiu, pois tinha formulado mais um plano para ajudar o seu protegido. Transformada em brisa suave, penetrou nos confortáveis aposentos de Nausica, a filha do rei, cuja beleza era motivo de orgulho para todos os súditos. A deusa avançou para a cama onde dormia a donzela e insinuou-se em seus sonhos, na figura de uma amiga cujos conselhos a jovem sempre acatava:

– Não seja tão preguiçosa, Nausica! Vamos, levante-se e peça a seu pai um carro com boas mulas para transportar toda a roupa suja do palácio, pois é longo o percurso daqui até a fonte junto ao mar. Não fica bem dormir até tarde quando há tantas coisas por fazer...

Nausica acordou cedo e, impressionada com o sonho, atravessou vários corredores e foi contá-lo aos pais. Encontrou a mãe, a rainha Arete, junto à lareira, fiando lá em companhia de duas servas, e o pai já pronto para ir presidir a uma reunião do conselho do reino. Com palavras doces e persuasivas, alcançou o que queria: Alcino ordenou aos escravos que preparassem um carro de rodas altas com capota e atrelassem as mulas. A mãe, zelosa, foi encher uma cesta com delicioso farnel, que pôs no carro ao lado de um odre de vinho tinto e de um frasco de ouro com óleo perfumado, para que a filha e as servas se ungissem depois do banho.

Logo que chegaram à fonte, desatrelaram os animais e descarregaram o carro. Trataram então de lavar as peças de roupa que haviam trazido e depois as estenderam para secar. Terminada a tarefa, correram alegres para o mar, onde se banharam prazerosamente. Sentaram-se então na areia e comeram com avidez o lanche que a rainha lhes fornecera. Saciadas, despiram os véus e puseram-se a cantar, a dançar e a jogar para o alto uma bola. A princesa, porém, errou um lançamento e a bola, escapando, foi cair na água. As escravas acharam muita graça e produziram tamanho alarido que Ulisses, deitado ali perto, despertou do seu sono profundo e foi ver que gritos eram aqueles.

Cortou um ramo cheio de folhas para proteger a nudez e avançou alguns passos. Estava horrivelmente desfigurado. Ao verem aquela figura desgrenhada emergir subitamente da mata, as servas correram assustadas. Só Nausica não arredou pé, pois a deusa Atena havia retirado o medo do seu coração.

O herói não pensou duas vezes. Elogiando a coragem e a formosura da moça, explicou-lhe como fora parar ali e, em tom suplicante, pediu-lhe que o ajudasse.

Comovida com as palavras que acabara de ouvir, a princesa gritou pelas escravas, que espiavam de longe, com olhos desconfiados, mas curiosos. E, como ficassem estáticas, não se animando a atender ao seu chamado, Nausica tranquilizou-as, dizendo-lhes que o estrangeiro era apenas um pobre náufrago necessitado de socorro. Deu então a Ulisses um manto e o frasco de óleo perfumado e o levou à fonte, afastando-se discretamente, para que ele pudesse lavar-se sem constrangimento.

Depois de retirar cuidadosamente o sal que lhe cobria o tronco e os membros e lhe emaranhava os cabelos, Ulisses esfregou o corpo com a essência perfumada e encaminhou-se para a praia. Nausica não conteve a admiração diante do que seus olhos viram. A transformação tinha sido completa. Virando-se para as servas, exclamou:

– Ele agora até parece um deus! Eu não me envergonharia de tê-lo por marido!

Mas, lembrando-se de que o estrangeiro devia estar morto de fome, disse às servas que lhe dessem de comer e beber. O herói agradeceu e devorou rapidamente o que lhe era oferecido, já que longo tinha sido o seu jejum.

Só então se lembrou de perguntar à linda jovem que terra era aquela e que povo a habitava. A princesa explicou-lhe que era a ilha dos feaces, um povo hospitaleiro que devia obediência ao rei Alcino, seu pai.

Prometeu conduzi-lo à cidade e hospedá-lo no palácio real. Recomendou, porém, que Ulisses seguisse a pé, com as escravas, enquanto ela iria à frente, no carro, mostrando o caminho. E que, ao avistarem as portas da cidade, ele se separasse do grupo e lhe desse tempo de chegar ao palácio, porque temia os comentários maliciosos que os feaces inevitavelmente fariam se a vissem chegar acompanhada de um estrangeiro robusto e belo.

– Ao entrar no palácio – acrescentou –, vá apresentar-se à rainha Arete, minha mãe, ajoelhe-se diante dela e conquiste as suas boas graças. Só assim conseguirá ajuda para tornar à pátria.

Na corte de Alcino

Ulisses seguiu à risca as recomendações da bela princesa. Mal se aproximaram da cidade, deixou-se ficar para trás, orando a Palas Atena que lhe propiciasse uma boa acolhida entre os feaces.

Suas preces foram atendidas. A deusa foi ao seu encontro na forma de uma jovem de cabelos negros e guiou-o até as portas de ouro do palácio, que fulguravam naquele fim de tarde. O herói transpôs a soleira de bronze envolto em espessa névoa que Atena fizera descer sobre ele. Graças a essa proteção, pôde seguir através do palácio sem ser visto por ninguém e alcançar a sala do trono. Nesse momento, desfez-se o encanto e ele foi, reverente, ajoelhar-se diante da rainha Arete. Disse-lhe que era um pobre homem que vinha sofrendo mil aflições longe da terra onde nasceu. E, com um discurso cheio de persuasão, apelou para a bondade da rainha e pediu-lhe que o ajudasse a retornar para junto da esposa, de quem estava afastado há longos anos.

O rei Alcino, que tudo ouvira, também se deixou convencer pelas palavras do estrangeiro e prometeu que no dia seguinte convocaria uma assembleia para deliberar sobre a maneira de reconduzi-lo à pátria. Ordenou então às escravas que lhe dessem de comer e beber e depois o conduzissem a uma cama confortável onde pudesse entregar-se ao sono e refazer-se das fadigas.

Ulisses, enternecido com tanta gentileza, pôs-se de pé e disse:

– Queira Zeus que a glória do rei Alcino seja sempre tão grande quanto o seu coração! Que os deuses derramem suas bênçãos sobre os campos fecundos da hospitaleira Esquéria!

Na manhã seguinte, os feaces reuniram-se em assembleia na ágora e não tardaram a aprovar a proposta do rei. Um navio novo de cinquenta remadores, com um timoneiro, seguiria o mais cedo possível para Ítaca, sob as ordens de um experimentado capitão.

O rei, satisfeito, convidou todos os chefes que estavam na assembleia, bem como os marinheiros, a se dirigirem para o palácio. Queria despedir-se do estrangeiro com uma festa inesquecível.

De volta ao palácio, chamou o arauto e incumbiu-o de ir buscar o cego Demódoco, o incomparável cantor que a todos deleitava e comovia com a sua arte divina.

Os convidados sentaram-se então às mesas, diante de ricas baixelas e reluzentes taças de ouro maciço. As escravas puseram-se a servir o vinho, os bolos, as frutas e as carnes tenras e fumegantes. O banquete já começava quando chegou o arauto trazendo Demódoco pela mão. Levou-o ao centro da espaçosa sala e instalou-o numa cadeira alta, junto a uma coluna. Mostrou-lhe em seguida onde colocaria a cítara e, chamando uma escrava, ordenou-lhe que servisse o cego ilustre.

Ao fim do banquete, Demódoco estendeu a mão para a cítara e levantou-se. Apoiando-se à coluna, evocou, em versos inspirados, uma áspera disputa entre Aquiles e Ulisses, anterior à Guerra de Troia. O herói comoveu-se até as lágrimas, mas procurou ocultá-las, erguendo a barra do seu manto de púrpura, pois envergonhava-se de chorar diante dos feaces. A sua emoção, porém, não passou despercebida ao rei Alcino, que, embora intrigado, guardou discreto silêncio.

Terminada a apresentação do cantor, Alcino convidou os presentes a assistirem a uma série de provas atléticas, muito apreciadas pelos feaces. Os jogos tiveram como palco um pequeno estádio, perto da ágora, que foi invadido por espectadores alegres e empolgados. Foi uma sucessão de provas em que os competidores se empenharam ao máximo, procurando superar os rivais.

O próprio Ulisses foi desafiado por um dos filhos de Alcino a participar dos jogos. Escolheu uma prova de arremesso, e, sem despir o manto que trazia sobre os ombros, pegou o disco e lançou-o com tal força que ultrapassou com folga todas as marcas anteriores. Um dos competidores, despeitado com a derrota, quis enfrentar o estrangeiro numa corrida a pé, mas este recusou-se com palavras sensatas:

– Os deuses, em sua sabedoria, não concedem as mesmas graças e os mesmos dons a todos os mortais. Uns nascem belos e fortes, mas falta-lhes o sentido da palavra justa. Outros há que são rápidos nas pernas, mas lentos na inteligência...

O rei, percebendo a atmosfera carregada, tratou de apaziguar os ânimos. Elogiou a atitude do hóspede e deu por terminadas as provas. Em seguida, mandou entrar os dançarinos, que encantaram o público com movimentos leves e ritmados.

O sol já ia desaparecendo no horizonte quando o rei se recolheu ao palácio com a sua corte. Querendo agraciar o hóspede, que demonstrava descender de uma estirpe nobre, propôs que os doze principais chefes dos feaces lhe oferecessem valiosos presentes. Em seguida, virando-se para a rainha, disse:

– Querida, traga uma arca nova e coloque dentro dela um manto bem lavado e uma rica túnica. Quanto a mim, vou presentear o nosso ilustre visitante com esta taça de ouro, para que minha imagem nunca se apague da sua lembrança.

Arete apressou-se a cumprir o que determinara o rei. Antes, porém, disse às escravas que preparassem um banho quente para o herói, que se rejubilou muito, pois desde que partira da ilha de Calipso, não tornara a desfrutar esse conforto.

Ao retornar da sala de banho, onde as escravas lhe ungiram o corpo com óleo perfumado e o vestiram com um manto sedoso, Ulisses encontrou a bela Nausica, que lhe apresentou as suas despedidas:

– Que os deuses o protejam em sua viagem! Só espero que nunca se esqueça daquela que o salvou e que lhe quer muito bem!

E, como que envergonhada de ter revelado o que lhe ia na alma, a casta princesa retirou-se e desapareceu por um corredor. Ulisses ficou estático por alguns segundos, com os olhos a fitarem o vazio. O sonho em que por um breve instante mergulhara logo se desfez e ele foi ocupar um lugar de honra ao lado do rei.

Novamente solicitado, Demódoco dirigiu-se para o meio do salão. Mas, antes que ele iniciasse o seu canto, Ulisses cortou um generoso naco do assado de porco que tinha diante de si, e, fazendo um sinal para o arauto, disse-lhe:

– Leve esta bela fatia para o divino cantor! Quero demonstrar-lhe o meu apreço, pois ninguém, mais do que os poetas, faz jus a estima e respeito!

Demódoco agradeceu a homenagem e, para retribuí-la, perguntou a Ulisses o que desejava ouvir ao fim do banquete. O herói pediu-lhe que cantasse os últimos momentos de Troia e falasse do estratagema que selou a sorte da guerra.

O cavalo de madeira

Terminado o banquete, Demódoco pegou a cítara e preparou-se para iniciar o seu canto. Iria falar do célebre cavalo de madeira, o mais engenhoso de quantos ardis elaborou o astuto Ulisses.

Começou por dizer que, apesar do cerco implacável e das duras perdas que lhe eram impostas, Troia ainda resistia. Os chefes gregos, por sua vez, já estavam quase sem esperança de conquistá-la pela força das armas e por isso resolveram aceitar a sugestão do mais ardiloso de seus heróis, o ladino Ulisses, que imaginara um audacioso estratagema para tomar a cidade. Construiu-se, assim, um cavalo de madeira, grande o bastante para abrigar em seu bojo uma pequena tropa de guerreiros armados. Esse cavalo, deslizando sobre rodas, à semelhança de outros engenhos bélicos, tornou-se obra de arte tão perfeita que deu aos troianos a ilusão de se tratar de uma estátua votiva. O plano de Ulisses previa também que os gregos ateassem fogo às suas tendas e se retirassem para as naus, simulando uma retirada. Mas, em vez de partirem na direção da Grécia, os barcos ancoraram numa ilha vizinha, fora do alcance dos olhos inimigos.

Numa noite sem lua, os gregos empurraram a imensa máquina de guerra para perto das muralhas, levando em seu ventre oco um grupo de valorosos guerreiros comandados por Ulisses, e voltaram rapidamente para as naus.

Pela manhã, os troianos surpreenderam-se ao topar com aquele gigantesco cavalo de madeira diante das portas da cidade. E mais surpresos ficaram quando viram vazio o local onde na véspera se erguia o acampamento dos gregos. Alongaram os olhos para a praia e, não avistando as naus inimigas, abriram as portas e saíram para comemorar a suposta vitória. A euforia tomou conta de todos os troianos, que se puseram a cantar e a dançar como loucos em torno do cavalo.

Mas o que fazer com aquele objeto estranho e de proporções desmesuradas?

– Vamos destruí-lo a golpes de machado para ver o que tem dentro! – berrou alguém.

– Nada disso! – protestou outro. – Vamos empurrá-lo para o alto de um rochedo e precipitá-lo montanha abaixo.

Comprimidos dentro do cavalo, Ulisses e seus companheiros ouviam aterrorizados os gritos dos troianos. E só se acalmaram quando uma voz grave se sobrepôs às outras e, impondo silêncio, disse em tom autoritário:

– Que loucura é essa?! Será que perderam o juízo? Não veem que este cavalo é uma dádiva oferecida aos deuses? Seria um sacrilégio atentar contra a sua integridade!

Os troianos deixaram-se persuadir e concordaram em puxar o enorme monumento para dentro da cidade. Cumprida a penosa tarefa, deram vazão ao júbilo festejando o fim da guerra até o anoitecer, quando, extenuados pelos excessos das comemorações, se recolheram aos lares, certos de que as agruras e os sofrimentos haviam terminado e de que no dia seguinte a vida retomaria o seu curso normal.

Os gregos não esperavam outra coisa. Assim que perceberam que não havia mais ninguém por perto, deixaram o esconderijo e foram abrir as portas da cidade para os companheiros, que, protegidos pelas trevas da noite, haviam retornado das naus. Foi uma terrível carnificina! Os troianos acordavam estremunhados de sono e eram mortos sem piedade...

Demódoco continuava a descrever em cores vivas a vitória final dos gregos e a libertação de Helena, em que Ulisses teve parte importante...

Quando chegou ao fim da sua história, Ulisses, que até aquele momento tinha conseguido reter as lágrimas, não se conteve mais e prorrompeu em sentido pranto. Alcino, como que entendendo a razão daquela angústia, exigiu do herói que usasse de franqueza e declinasse sua verdadeira identidade.

– Por que o relato da queda de Troia o comove tanto,

meu caro hóspede? Porventura perdeu nela algum parente próximo ou mesmo um amigo?

Não tendo como recusar o pedido do rei, sempre tão leal e atencioso, Ulisses revelou quem era e pôs-se a narrar tudo o que lhe acontecera desde o distante dia em que partira de Troia.

O rei e a corte escutaram embevecidos todo aquele relato emocionante, que só fez crescer a admiração que já tinham pelo sofrido herói.

Era noite alta quando Ulisses deu por terminada a narrativa. Todos os chefes apresentaram então suas despedidas, desejando um feliz regresso ao ilustre hóspede, pois a viagem estava marcada para a manhã seguinte, às primeiras luzes da aurora.

Enfim... Ítaca!

Quando a nau dos feaces ancorou em Ítaca, Ulisses dormia como uma pedra, pois passara quase toda a noite em claro, excitado pela expectativa da chegada. A ilha, com os seus rochedos de alabastro, os bosques de cedros, plátanos e ciprestes, os campos de trigo dourando os vales, resplandecia aos primeiros raios do sol da manhã.

Os marujos acharam melhor não acordá-lo. Ergueram-no ainda enrolado no pano de linho e na esplêndida colcha que aqueciam o seu sono e foram deitá-lo delicadamente na praia, à sombra de uma oliveira centenária. Em seguida, foram buscar os presentes que o herói recebera dos generosos feaces, e depositaram-nos cuidadosamente a seu lado.

Cumprida a missão, voltaram para bordo e puseram-se a ferir o mar com os seus remos compridos e bem talhados, sem saber o triste destino que os esperava.

O cruel Posídon, que de há muito se sentia despeitado com a perícia dos feaces, cuja fama de insuperáveis navegadores havia chegado até mesmo aos ouvidos dos deuses, vendo o auxílio que prestavam a Ulisses, não conteve mais o seu rancor e quis puni--los de maneira exemplar. Quando a nau já se avizinhava das costas da Esquéria, tocou-a com a mão espalmada, convertendo-a em rocha e fixando-a para sempre no meio do mar salgado.

Ulisses dormiu ainda durante várias horas, sob o olhar vigilante da deusa Atena, que fez descer do céu uma névoa espessa para defendê-lo da curiosidade dos passantes. E, tão densa era a bruma que, ao despertar, o herói não reconheceu a ilha onde nascera. Pensou que os feaces o haviam enganado e que mais uma vez pisava em solo inimigo. Pôs-se a caminhar muito aflito ao longo da argilosa praia, quando de repente avistou um pastor que, com o rosto meio encoberto por um capuz, avançava lentamente na sua direção. O formoso jovem – na verdade, Atena disfarçada – perguntou-lhe quem era e o que fazia naquele lugar.

Não a reconhecendo, Ulisses inventou uma história complicada para encobrir sua identidade:

– Estou vindo de Creta, de onde fugi por ter matado o filho do rei em combate singular. Temendo a vingança da guarda real, embarquei numa nau fenícia disposto a recomeçar a vida em outro país...

E continuou a estender a narrativa, enriquecendo-a com mil peripécias imaginárias. A deusa, encantada, divertia-se a valer com a engenhosidade e a astúcia do seu protegido, a quem não se cansava de admirar.

Depois de desfiar todo um rosário de mentiras, o herói indagou que terra era aquela onde estava. Palas Atena deu uma gostosa gargalhada e decidiu que já era hora de contar--lhe a verdade:

– Como pode você ser tão cego, ó mentiroso sublime? Ou será que perdeu o juízo e já não é capaz de reconhecer a terra onde nasceu?

E, no mesmo instante, retirou o capuz que lhe velava parcialmente o rosto, e os cabelos escorreram-lhe por sobre os ombros, devolvendo-lhe sua beleza de deusa e de mulher. Com um leve gesto, dissipou o nevoeiro e a ilha recuperou o aspecto habitual. O herói pôde então regalar os olhos com aquela paisagem tão querida e, tremendo de emoção, dobrou os joelhos e beijou demoradamente o chão da sua pátria.

Palas Atena teve de morder o lábio para não chorar. Respirou fundo e, pegando carinhosamente a mão do grande herói, levou-o a uma caverna onde, disse, ele deveria esconder as riquezas que trouxera do país dos feaces. Ulisses obedeceu, mas, como lhe afirmasse que o que mais queria agora era seguir para o palácio e rever a sua devotada Penélope, a deusa recordou-lhe os conselhos de Agamenon, no Hades. Falou-lhe dos perigos que teria de enfrentar dentro do palácio, frequentado por homens inescrupulosos que, julgando-o morto, assediavam sua fiel esposa com incômodas propostas de casamento.

– Sua desfaçatez não tem mais limites – acrescentou. – Nos últimos anos devoraram, como abutres, manadas e mais manadas de vacas, e já não respeitam nem os rebanhos de mansas ovelhas, nem as varas de porcos, nem os fatos de irrequietas cabras.

O herói compreendeu então que, para livrar o reino daqueles insaciáveis predadores, teria de usar de muita cautela e astúcia. Pediu, pois, a Atena que o vestisse de farrapos, como um mendigo, e lhe alterasse o rosto, deformando-o com rugas e falsas cicatrizes.

A deusa assim fez. E, depois de aconselhar Ulisses a fazer uma visita a Eumeu, o zeloso guardador de porcos que em outros tempos o servira com muita lealdade, despediu-se e alçou voo na direção de Esparta. Tinha o propósito de encontrar-se com Telêmaco, o filho de Ulisses, para preveni-lo do retorno do pai.

O fiel Eumeu

Atena desapareceu entre as nuvens e lá se foi Ulisses, apoiado em seu cajado de mendigo, para a choupana de Eumeu. Tinha de seguir por uma trilha estreita, que serpenteava pela encosta de um monte, e atravessar uma mata fechada antes de alcançar o vale onde o fiel criado erguera a sua tosca morada. Ulisses encontrou-o no quintal, ocupado em talhar sandálias de couro cru para os seus pés cansados.

O herói já ia chamar por ele, quando se viu rodeado por uma matilha de cães que latiam ameaçadoramente, mostrando os dentes afiados. Teria sido atacado, se Eumeu não acudisse rapidamente, enxotando-os a gritos e pedradas.

– Minha nossa, por pouco os cães não o fizeram em pedaços! E depois eu é que seria o culpado! Era só o que me faltava, para aumentar as angústias e os males por que tenho passado. Desde que o meu bom senhor Ulisses partiu para Troia que não faço outra coisa senão chorar e lamentar a sua triste sorte. A esta altura, ele já deve estar morto e enterrado...

Ulisses ouvia-o emocionado. Não podendo dizer quem era, imaginou uma forma de atenuar-lhe a dor:

– Tranquilize-se, amigo. Eu sou um velho soldado que combateu ao lado de Ulisses no cerco de Troia. Asseguro-lhe que não está longe o dia em que ele retornará a Ítaca e vingará os ultrajes que se cometem contra a sua casa.

– Ulisses então está vivo? – indagou Eumeu, arregalando os olhos. – Que felicidade! Só assim a nossa ilha voltará a ter paz!

E pôs-se a narrar as desgraças que se abateram sobre Ítaca nos últimos vinte anos e contou como Penélope imaginara uma forma de se manter fiel ao marido, enganando os pretendentes:

– Nossa rainha é uma mulher admirável! – disse. – Vendo que não poderia esquivar-se eternamente a um novo matrimônio, reuniu os pretendentes e anunciou: "Decidi enfim aceitar um de vocês como marido. Mas não escolherei ninguém antes de tecer uma rica mortalha para meu sogro Laerte. Como sabem, ele está muito idoso e quer ser sepultado com todas as honras." – Os pretendentes alegraram-se com a proposta – prosseguiu Eumeu –, porque pensavam que a tarefa não seria muito demorada. Estavam enganados. Penélope passava os dias a trabalhar com aplicação, sob os olhares ansiosos daqueles insolentes. Mas, à noite, levantava-se e ia desfazer o que fizera de dia. Assim, pela manhã, quando eles vinham informar-se do avanço da obra, encontravam-na sempre no mesmo ponto. Vários deles protestaram. Mas Penélope desculpava-se, argumentando que a mortalha teria de ficar perfeita e que por isso o trabalho era tão lento. E assim se passaram três anos, até que um dia uma serva do palácio descobriu o embuste e, como era amiga de um dos pretendentes, contou-lhe toda a verdade. Na mesma noite, um grupo de pretendentes, guiado pela delatora, foi surpreendê-la a desmanchar a esplêndida mortalha e ela se viu assim obrigada a terminá-la.

O ardil que Penélope imaginara para enganar os pretendentes era uma obra-prima que o próprio Ulisses assinaria. Por isso ele deixou escapar um sorriso de orgulho e admiração, que felizmente não foi percebido pelo fiel criado. Mas logo as lágrimas lhe vieram aos olhos, tornando-o ainda mais simpático aos olhos do velho Eumeu, que o convidou a entrar em sua humilde choupana para partilharem uma jarra de vinho e um tenro leitãozinho de sua criação.

O reencontro com Telêmaco

Na manhã seguinte, Palas Atena, ainda disfarçada em pastor, foi encontrar-se com Ulisses na choupana do velho Eumeu. Estava acompanhada de Telêmaco, a quem fora buscar na corte de Menelau, em Esparta, mas logo se afastou, pois não era chegado o momento de intervir. Ao ver chegar o filho de seu amo, o fiel Eumeu acolheu-o com a ternura de um pai extremoso que não consegue dissimular a emoção de rever um filho longo tempo ausente. Abraçando-o com todo o carinho, convidou-o a entrar na cabana para fazerem a refeição da manhã.

Já dentro da choupana, Telêmaco saudou Ulisses, sem contudo o reconhecer. O herói levantou-se e lhe ofereceu gentilmente a cadeira onde estava sentado. O jovem agradeceu, mas disse que não era justo, poderia instalar-se no chão, sobre uma pele de animal.

Ao final da refeição, Telêmaco virou-se para o fiel guardador de porcos e indagou-lhe quem era aquele estrangeiro de barbas e cabelos brancos que se abrigava em sua choupana.

– É um cretense que diz ter viajado por muitas terras, cumprindo uma triste sina, e afirma ter lutado ao lado de seu pai. Deixo-o agora aos seus cuidados, patrãozinho, pois conheço a sua bondade e sei que há de ampará-lo.

Telêmaco afirmou que gostaria muito de hospedar o ancião, mas lamentava não poder fazê-lo, pois já não era senhor do seu palácio, ocupado pelos infames pretendentes. Disse, porém, que lhe daria roupas decentes, uma espada de dois gumes e um par de sandálias novas.

Lembrando-se de que era preciso avisar Penélope de sua volta, pediu ao fiel criado que fosse procurá-la e lhe anunciasse a boa nova com toda a discrição.

Mal Eumeu saiu para desempenhar a sua missão, Palas Atena apareceu diante de Ulisses e lhe fez um discreto sinal. Sem deixar que Telêmaco notasse a sua presença – os deuses não se manifestam claramente a todos –, tomou o herói pelo braço e conduziu-o para fora do pátio. Tocando-o então com uma varinha de ouro, devolveu-lhe o porte másculo e forte e cobriu-o com um manto bem lavado e uma bela túnica. Disse em seguida:

– Revele a Telêmaco quem é e acerte com ele um plano para matar os pretendentes. Eu estarei por perto, pronta a apoiá-los.

Quando viu retomar aquela figura esbelta, tão diferente do velho encarquilhado de há pouco, Telêmaco não conteve o espanto:

– O que aconteceu? Como pode se dar tamanha transformação? Será que você é um deus?

– Não sou nenhum deus e nada tenho de imortal. Sou apenas seu pai... Se seus olhos não me reconhecem, é porque você era pouco mais do que um bebê quando parti para Troia.

Dizendo tais palavras, abraçou o filho e deixou que as lágrimas, a muito custo represadas, lhe corressem lentamente pelas faces...

Telêmaco, porém, continuava incrédulo. Como aceitar que um mortal fosse capaz de tal prodígio? Aquela transformação só podia ser obra de um deus... E só se convenceu quando

ouviu dos lábios de Ulisses que a autora daquele milagre era a poderosa Atena, a deusa que sempre o protegera. E, ato contínuo, abraçou-se ao pai, e ambos romperam num pranto comovido. Ainda sufocado pelas lágrimas, Telêmaco quis saber de Ulisses como se dera o seu regresso.

– Foram os feaces, um povo de exímios navegadores, que me trouxeram para Ítaca numa nau ligeira. Deram-me ricos presentes, que estão guardados numa gruta perto daqui e que ainda nos serão muito úteis. Mas, no momento, o que temos de fazer é traçar um plano para nos livrarmos dos abutres que se instalaram em nossa casa.

Telêmaco ponderou que o plano teria de ser perfeito, pois os pretendentes, além de muito numerosos, estavam bem armados e contavam com a cumplicidade de criados dentro do próprio palácio...

O plano de Ulisses

Sabendo que, se recorresse apenas à força, não conseguiria vingar-se dos pretendentes, Ulisses concebera um plano complicado cujo maior trunfo era a surpresa.

– Amanhã bem cedo você seguirá para o palácio e não anunciará a minha presença a ninguém, nem mesmo a sua mãe. Eu irei depois, disfarçado de mendigo. Se algum dos pretendentes me insultar ou me maltratar, domine a sua indignação e não intervenha. Poderá, quando muito, repreendê-lo com palavras brandas, exortando-o a ser compassivo.

E, depois de uma pausa breve, continuou:

– Agora, o mais importante... Assim que eu fizer um sinal com a cabeça, você deve recolher todas as armas que estão na sala e levá-las para o meu quarto, no andar de cima. Se os

pretendentes derem pela sua falta e perguntarem por elas, diga-
-lhes que as retirou para que os criados as lustrassem, pois quer
vê-las reluzentes como no tempo em que seu pai partiu para
Troia. Deixe apenas duas espadas e duas lanças, além de dois
escudos de couro de boi, que nos serão de grande valia na hora
do acerto final.

Quando Eumeu regressou, Palas Atena já fizera Ulisses
reassumir a aparência de velho mendigo. Depois de relatar o
que se passara no palácio, Eumeu e os outros foram deitar-se e
dormiram um sono reparador até o romper da manhã.

O velho cão

Telêmaco levantou-se bem cedo, calçou as sandálias e,
depois de despedir-se de Ulisses e do velho Eumeu, tomou da
lança e partiu. A ânsia de abraçar a mãe apressava-lhe os passos
e enchia-lhe o peito de júbilo.

Chegando ao palácio, atravessou o limiar de pedra e deixou a lança encostada a uma alta coluna. Ao entrar na sala, viu
sua ama, a velha Euricleia, que lhe correu logo ao encontro,
chorando e gritando de felicidade. Penélope, ouvindo aquele
escarcéu, deixou seu aposento e correu a abraçar o filho:

– Meu querido, luz da minha vida, afinal você voltou! E
Ulisses? Soube alguma notícia do seu regresso?

Telêmaco, lembrando-se do que lhe recomendara o pai,
despistou, dizendo que Menelau pouco sabia de Ulisses, pois
desde que regressara de Troia a única notícia que tivera do
herói lhe fora dada por um velho marinheiro de passagem por
Esparta que o teria visto em uma ilha muito distante.

Mas, enquanto mãe e filho trocavam essas palavras, Ulisses, em seus trajes de mendigo, já se aproximava das portas do

palácio, acompanhado do fiel Eumeu. Continha a custo a emoção e o desejo de abraçar a esposa querida, pois o sucesso do seu plano dependia de manter-se incógnito até o momento da vingança. Virando-se para Eumeu, disse-lhe que entrasse no palácio para avisar Telêmaco de que haviam chegado. Queria ficar sozinho para poder entregar-se às ternas lembranças que aquele lugar lhe despertava. Avançou alguns passos e viu um cão magro e sarnento deitado sobre um monte de lixo. Era Argos, que apesar de ser ainda um filhote quando Ulisses partiu para Troia e de estar agora quase cego, ao ver o dono ergueu a cabeça e empinou as orelhas. Levantando-se então a duras penas, abanou o rabo e abaixou a cabeça, numa saudação submissa. Mas logo o seu corpo começou a tremer e, não se sustendo mais nas patas combalidas pelos anos, caiu sem um suspiro. A negra morte o levou, depois de ter esperado vinte anos para rever o dono...

Ulisses não conteve as lágrimas. Abraçou-se ao animal e afagou-lhe carinhosamente o pelo. Tinha o coração partido. E, ainda sob o impacto da perda do fiel Argos, entrou no palácio para cumprir o seu destino.

O combate desigual

Ulisses foi encontrar Telêmaco na sala dos banquetes, onde os príncipes estavam reunidos. Era sua intenção pedir um pedaço de carne a cada pretendente, para conhecer o caráter de cada um deles.

Pôs-se assim a estender a mão àqueles homens ricamente vestidos, que não lhe pouparam insultos ou observações maldosas.

Penélope, indignada, interveio:

– Vocês são ainda piores do que eu pensava. Não são dignos de pisar o chão do meu palácio!

E, chamando Euricleia, disse-lhe que servisse o mendigo, para o compensar dos agravos dos pretendentes.

Ulisses, nesse meio tempo, fizera um sinal a Telêmaco para retirar as armas que estavam na sala, exatamente como haviam combinado.

Ao cair da tarde, bateu à porta do palácio um jovem mendigo que atendia pela alcunha de Iro. Era um grande glutão que costumava levar recados dos príncipes em troca de boa bebida e comida farta.

Vendo em Ulisses um concorrente, quis expulsá-lo de sua própria casa:

– Ponha-se daqui para fora, meu velho, a menos que queira ser arrastado pelo pé!

Ulisses tentou acalmá-lo, argumentando que havia ali comida para satisfazer não apenas dois, mas vários mendigos.

Iro, porém, estava possesso. Estimulado pelos pretendentes, arregaçou as mangas, disposto a fazer Ulisses sentir o peso dos seus punhos.

Divertido com a cena, Antino, um pretendente que se destacava não só pela arrogância mas também pela crueldade, gritou para os comparsas:

– Iro e o estrangeiro estão querendo brigar! Que tal se oferecêssemos um prêmio ao vencedor?

Caminhando até o braseiro, onde estavam sendo assados gordos chouriços, retirou o maior deles com um espeto e exibiu-o aos olhos de todos.

– Quem vencer vai devorar sozinho este pitéu e poderá participar sempre de nossos banquetes!

Os outros pretendentes levantaram-se aplaudindo a ideia e formaram um círculo em torno dos dois mendigos. Ulisses preparou-se para a luta. Arregaçando os farrapos que o cobriam, pôs à mostra os braços musculosos. Percebendo que não teria como superar o rival, Iro quis fugir, mas foi logo agarrado e conduzido ao centro da sala. Pálido de medo e com as pernas a tremerem como varas verdes, foi presa fácil para o herói, que lhe desfechou um murro certeiro na boca, atirando-o impiedosamente ao chão. Ulisses agarrou-o então por um pé e arrastou-o até o pátio. E, entregando-lhe um toco de pau, disse:

– Fique sentado aqui para impedir a entrada de cães e porcos. É só para isso que você serve!

E voltou para a sala, aplaudido, onde regalou o estômago com a apetitosa recompensa prometida ao vencedor.

As exigências de Penélope

Ao fim do banquete, um sono doce derramou-se sobre Penélope, que ali mesmo na cadeira onde estava se recostou para dormir. Atena, a deusa de olhos brilhantes, que imaginara mais um plano, espalhou-lhe sobre as formosas faces, já um pouco castigadas pelos anos, uma beleza jovem e divina. Não satisfeita, deu ao corpo da rainha um porte mais esbelto e majestoso e rematou a obra tingindo-lhe a pele delicada com uma coloração mais branca do que a do marfim recém-cortado. E, antes de alçar voo para o alto Olimpo, apareceu-lhe em sonho e inspirou-lhe o que devia fazer.

Mal acordou do seu sono tranquilo, a sensata Penélope levantou-se e dirigiu-se aos pretendentes:

– Aproxima-se o dia em que, para minha infelicidade, vou ter de contrair um casamento detestável. E, para agravar ainda mais a minha humilhação, vejo que, em vez de me cortejarem com ricos presentes como prescrevem os costumes de nossa terra, vocês me consomem impunemente os bens, arrastando-me à mais negra miséria...

A esperteza de Penélope alegrou o coração de Ulisses: a rainha havia encontrado uma forma astuciosa de repor parte dos bens dilapidados por aquele bando de abutres.

Antino engoliu a artimanha e, adiantando-se, disse:

– São justas as suas reivindicações! Como prova de nosso amor e de nossas boas intenções, vamos encher esta sala de presentes.

Os outros aplaudiram as palavras de Antino e apressaram-se em enviar arautos para buscar as dádivas reclamadas.

Mal eles partiram, Antino acrescentou, em tom de ameaça:

– Quando os presentes chegarem, você terá de escolher um de nós para marido. E não deixaremos de frequentar este palácio antes que as bodas sejam celebradas...

O arco de Ulisses

No dia seguinte, Penélope acordou bem cedo e desceu à sala para ver se os presentes de núpcias já estavam lá. Satisfeita, pôs-se a verificar o que ganhara: eram túnicas magníficas bordadas com colchetes de ouro, brincos de pérolas raras feitos com muito esmero, joias riquíssimas entre as quais se destacava um colar de ouro e âmbar, digno de adornar o pescoço de uma deusa...

Estava ainda a deleitar-se com a visão daquelas prendas, quando os pretendentes começaram a invadir o palácio, ansiosos por conhecerem a sua decisão.

Vendo-os reunidos no salão, Penélope adiantou-se e disse:

– Ouçam-me, orgulhosos pretendentes! Agora que cumpriram a sua parte, vou fazer minha escolha, como prometi. Meu futuro marido será aquele que se provar capaz de armar o arco do nobre Ulisses e de lançar uma flecha por entre as aberturas de doze machados dispostos em linha reta.

Um murmúrio de aprovação elevou-se entre os pretendentes. Quase todos se julgavam aptos a passar por aquela prova de força e destreza. E mesmo os que receavam um fracasso aplaudiam a proposta de Penélope, por não quererem dar parte de fracos.

Telêmaco dispôs os doze machados e os pretendentes formaram uma longa fila, ávidos por iniciarem a disputa.

O primeiro candidato, um adivinho conhecido pelo nome de Liodes, tomou o arco e tentou dobrá-lo para prender a corda. Mas, por mais que se esforçasse, acabou por entregar os pontos, e foi sentar-se a um canto, desanimado.

Outros candidatos se apresentaram, mas não fizeram senão engrossar o rol dos derrotados. Chegou, finalmente, a vez de Antino, o mais forte e atrevido dos pretendentes. Mas este, percebendo que não teria melhor sorte, preferiu esquivar-se, propondo que se repetisse a prova na manhã seguinte:

– Hoje deve ser o dia do deus dos arqueiros e é por isso que ninguém consegue armar esse poderoso arco... Nem mesmo o divino Ulisses, se aqui estivesse, seria capaz de tal façanha!

Os dois aliados

No meio da prova, vendo que Eumeu se retirava em companhia de outro fiel criado, o vaqueiro Filétio, Ulisses transpôs as portas do palácio e foi alcançá-los no pátio:

– Um momento, meus caros! Quero falar-lhes! – gritou ainda de longe. E, aproximando-se a passos rápidos, indagou:

– Se Ulisses de repente voltasse, trazido pela mão de algum deus, vocês ficariam a seu lado, assumindo todos os riscos, ou tomariam o partido dos pretendentes? Respondam-me com toda a sinceridade dos seus corações!

Ambos protestaram fidelidade e prontificaram-se a ajudar o amo se porventura ele retornasse a Ítaca. Filétio acrescentou, em tom de bravata:

– Aqueles malditos iriam então conhecer a força dos meus braços!

Certo de que podia contar com os dois, Ulisses retomou a palavra:

– Era isso que eu queria ouvir! Pois fiquem sabendo que Ulisses está aqui! Olhem bem para mim! Eis a prova de que sou o seu amo há tanto tempo ausente – e, arregaçando a barra do manto de mendigo, mostrou-lhes a cicatriz que confirmava a sua afirmação.

Eumeu e Filétio, que se lembravam perfeitamente do dia em que Ulisses fora ferido por um javali no monte Parnaso, olharam estarrecidos e, tomados de incontida alegria, abraçaram-no e beijaram-no repetidas vezes.

Ulisses por fim os deteve:

– Basta, amigos! Alguém pode sair e ver-nos... Vamos voltar para lá separadamente. Eu serei o primeiro a entrar e pedirei àqueles orgulhosos que me entreguem o arco e a aljava. Eles não concordarão, é claro, mas você, Eumeu, deverá atravessar o salão e colocá-lo em minhas mãos. Em seguida, mande as escravas fecharem todas as portas e se recolherem a seus quartos. Diga-lhes que não tornem a abri-las, mesmo que ouçam gemidos e gritos... Quanto a você, meu caro Filétio, feche o portão do pátio e amarre o ferrolho com uma corda resistente.

Nesse momento, no interior do palácio, a proposta de Antino foi aprovada com entusiasmo. Os pretendentes foram sentar-se à mesa, onde, depois de lavarem as mãos, puseram-se a afogar a frustração em taças e mais taças de capitoso vinho.

Ardiloso, Ulisses adiantou-se e disse-lhes com voz firme:

– Deixem-me experimentar o arco, pois quero saber se não perdi a força que tinha quando era jovem.

A indignação foi geral. Era muito atrevimento aquele estrangeiro velho e maltrapilho querer ombrear-se com os príncipes de Ítaca! E já se preparavam para escorraçá-lo quando Penélope interveio em sua defesa:

– Que mal pode haver nisso, ilustres pretendentes? Será que receiam medir forças com este pobre velho? Mas não vejam nele um concorrente. Se o deus Apolo lhe der a glória de armar o arco, vou presenteá-lo generosamente e depois ele poderá ir para onde o seu coração mandar.

Antes que algum pretendente retrucasse, Telêmaco adiantou-se e disse:

– Minha mãe, este arco me pertence e posso entregá-lo a quem quiser. E ai de quem se opuser à minha vontade!

Em seguida, aconselhou a Penélope que se recolhesse aos seus aposentos, e esta, agradavelmente surpreendida com a coragem demonstrada pelo filho, retirou-se em companhia das escravas.

Telêmaco ordenou então a Eumeu que entregasse o arco a Ulisses, e o fiel criado, ignorando os gritos de protesto dos pretendentes, cumpriu a determinação do valente rapaz. Apressou-se a ir procurar Euricleia e disse-lhe que fechasse bem todas as portas, como recomendara o amo. Filétio, por sua vez, deixou discretamente a sala e foi trancar as portas do pátio, dando prosseguimento ao plano arquitetado pelo astuto Ulisses. Ao retornar, foi sentar-se na cadeira de onde se levantara, ainda a tempo de ver o herói retesar o arco e armá-lo com a mesma facilidade com que um hábil citarista prende a corda do seu instrumento antes de tocá-lo. Os pretendentes não podiam acreditar no que seus olhos viam. Um deles não conteve o despeito:

– Na certa ele é um fabricante de arcos e conhece algum truque para estender a corda... Mas a sua pontaria não deve ser lá essas coisas!

Sem se perturbar com os comentários, Ulisses experimentou a corda, que vibrou como um trinado de andorinha. Em seguida, pegou uma flecha que havia tirado da aljava e posto sobre a mesa, ajustou-a ao arco e disparou. A flecha partiu certeira, atravessou os doze machados e foi sair do outro lado.

Os pretendentes entreolharam-se, pálidos e assustados, como se pressentissem o que estava por acontecer.

A chacina

— Até que o seu hóspede não se saiu mal, hem, Telêmaco? Não errou o alvo nem teve de suar muito para armar o arco! – disse Ulisses, cheio de orgulho. – Mas já é tempo de prepararmos a ceia para os convidados – acrescentou ironicamente, fazendo um sinal com os olhos que não escapou ao arguto Telêmaco.

Ulisses despiu os farrapos que o cobriam e rápido como um raio foi postar-se no amplo limiar da porta, empunhando o arco. Telêmaco, por sua vez, de espada à cinta e a lança pronta para o arremesso, ficou de pé onde estava, atento como um cão de caça.

– Agora vou mirar em outro alvo! – gritou o herói.

A flecha partiu veloz e foi alcançar o pescoço de Antino, atravessando-o até a nuca. O infeliz caiu sobre a mesa, arrastando-a consigo.

Os outros pretendentes levantaram-se apavorados, produzindo grande tumulto. Alguns, supondo que a morte de Antino fora um acidente, ameaçaram Ulisses, que prontamente retrucou:

– Cães imundos! Ainda não perceberam que sou Ulisses, o justiceiro? Pensavam que depois de me pilharem os bens, de violarem minhas escravas e de cobiçarem minha esposa, seus crimes permaneceriam impunes?

Todos ficaram imóveis, com o medo estampado em seus rostos lívidos. Mas Eurímaco ousou suplicar:

– O culpado foi Antino! E ele já pagou com a vida os crimes cometidos! Se nos poupar, devolveremos em dobro todas as perdas que lhe causamos.

Ulisses, porém, limitou-se a olhá-lo com desprezo, sentenciando:

– Mesmo que me dessem tudo o que possuem, eu não ficaria satisfeito! Agora são vocês ou eu! Lutem, covardes!

Não lhe restando alternativa, Eurímaco desembainhou a espada e investiu contra Ulisses, gritando como um alucinado. O herói, porém, foi mais rápido: deteve-o com uma flecha, que foi cravar-se em seu corpo, vazando-lhe o fígado. Outro pretendente partiu para o ataque, tentando atingir Ulisses com a espada, mas Telêmaco antecipou-se e arremessou a lança em sua direção, matando-o. Em seguida, correu para junto do pai, de espada em punho.

Um a um, foram caindo os intrusos. As flechas voavam certeiras e iam cravar-se impiedosamente em seus alvos humanos. Os que escapavam da pontaria de Ulisses morriam às mãos de Telêmaco ou eram abatidos pelas lanças de Eumeu e Filétio, que também pelejavam com ardor. E assim, pela sala ampla, ecoavam os horrorosos bramidos dos que eram golpeados e o chão se cobria com ondas de sangue negro.

Percebendo que teria o mesmo destino, Liodes, o adivinho que antes dos outros fracassara na tentativa de armar o arco, prostrou-se aos pés de Ulisses, abraçando-lhe humildemente os joelhos:

– Poupe-me, bravo senhor! Juro que não pratiquei nenhum crime! Tentei até impedir as perversidades dos outros, limitando-me a usar dos meus poderes de adivinho...

Mas o coração do herói estava frio como o gelo:

– Se os seus poderes são assim tão grandes, você deve ter contribuído para retardar o meu regresso... Deve até ter pedido aos deuses que lhe concedessem o amor da minha casta Penélope. Por isso não merece viver! – e, no mesmo momento, ergueu a espada e degolou-o.

A terrível chacina tinha chegado ao fim. Do numeroso séquito de pretendentes, escaparam com vida apenas dois: o cantor Fêmio, por ter sido arrancado à força de casa e obrigado a alegrar os banquetes com a sua arte, e o arauto Medonte, que só foi poupado graças à intervenção de Telêmaco, lembrando os cuidados que lhe dispensara quando era ainda uma criança.

Ulisses recomendou então ao filho que convocasse toda a criadagem do palácio para que, depois de retirados os cadáveres que se espalhavam por todos os cantos da sala, procedessem a uma lavagem completa e queimassem enxofre para purificar o ar.

Chamando a velha ama Euricleia, disse-lhe que fosse acordar Penélope e a trouxesse à sua presença. Mas que, antes disso, lhe desse roupas limpas e dignas, pois já era tempo de livrar-se daqueles trapos rotos e ensanguentados.

Marido e mulher

A alegria de transmitir a Penélope a notícia do regresso de Ulisses devolveu às pernas da velha Euricleia o vigor da mocidade. Com pés ligeiros, subiu as escadas que conduziam aos aposentos da rainha e foi acordá-la com palavras embargadas de emoção:

– Acorde, querida! Venha ver com seus próprios olhos aquilo por que seu coração tanto ansiava... Ulisses voltou! Está lá embaixo, na sala! E matou todos os pretendentes!

– Você deve ter perdido o juízo, minha ama! Mesmo que Ulisses tenha voltado, como é que, sozinho, poderia dar cabo de todo aquele bando de insolentes?

– Isso eu não sei! – exclamou a velha. – Mas juro que é verdade! Venha comigo, que seu marido a espera...

Ainda com uma ponta de dúvida a pairar em seu espírito, Penélope desceu e foi encontrar Ulisses sentado ao pé da lareira, com as costas apoiadas numa coluna. Em vez de aproximar-se, ficou algum tempo a contemplá-lo de um canto escuro da sala, sem se convencer de que aquele homem era de fato o seu marido.

Telêmaco, porém, impacientou-se diante daquela apatia:

– O que é isso, minha mãe? Não seja cruel! Vá logo sentar-se ao lado de meu pai, que está ansioso para abraçá-la!

– Não é por crueldade que me mantenho afastada, meu filho. Ainda estou confusa e surpresa. Se este homem é realmente Ulisses, nós nos reconheceremos sem dificuldade, pois entre esposos há segredos que ninguém mais conhece.

Ulisses sorriu confiante. Virando-se para Telêmaco, aconselhou:

– Calma, meu rapaz! Vamos dar tempo ao tempo – e encaminhou-se para a escada que ligava a sala ao andar de cima. Penélope seguiu no seu encalço e foi encontrá-lo no quarto que no passado tinha sido o seu. O herói não se conteve:

– Que coração duro lhe deram os deuses, mulher desnaturada! Como é que pode ser tão fria e insensível? Será que depois de tanto tempo ainda vai me privar de dormir ao seu lado?

Era a pergunta que a rainha esperava para pô-lo à prova:

– Euricleia cuidará de você. Vou ordenar-lhe que retire do quarto a cama em que concebi meu filho e a cubra de belas cobertas e suaves lençóis.

Essas palavras fizeram Ulisses bradar indignado:

– O que está dizendo? Retirar a cama do quarto? De que modo? Eu mesmo a talhei, aproveitando o tronco de uma oliveira frondosa que crescia no meio do pátio. O tronco, grosso como uma coluna, que desgalhei e torneei com esmero, sem arrancá-lo do lugar onde estava, tornou-se um dos pés da cama em redor da qual ergui as paredes do quarto, e depois, todo o palácio. Como poderia alguém retirá-la?

Diante de tão convincente relato, Penélope sentiu fraquejar os joelhos e o coração. Rendendo-se afinal à evidência, correu para os braços do marido, rodeou-lhe o pescoço com os seus alvos braços e, depois de beijá-lo e acariciá-lo amorosamente, disse:

– Perdoe-me, querido! Os deuses invejosos nos cobriram de infortúnios e nos impediram de viver juntos os doces anos da juventude. Mas agora não nos impedirão de alcançar, unidos, o limiar da velhice.

O reencontro com Laerte

Mortos os pretendentes, Ulisses tinha bons motivos para recear uma desforra da parte de seus parentes e amigos. Urgia reunir os que lhe haviam guardado fidelidade e armá-los para fazer frente a um ataque que parecia inevitável.

Antes, porém, tinha de ir procurar o pai, Laerte, que, a despeito de muito idoso, ainda cultivava uma gleba árida não muito longe dali, a qual, a poder de muito trabalho e dedicação, transformara em bela e fértil chácara.

Chamando Telêmaco, Eumeu e dois criados, pôs o pé na estrada. Quando já se avizinhavam da casa de Laerte, ordenou aos acompanhantes que fossem até o chiqueiro, matassem o melhor porco e o preparassem para o jantar. Ele seguiria sozinho para encontrar-se com o pai.

Não precisou andar muito para avistá-lo no pomar, entregue à sua labuta de agricultor dedicado. O que viu quase o levou às lágrimas. Dobrado pelo peso dos anos, o ancião trazia sobre os ombros uma túnica suja e rota, e na cabeça, já meio calva, um surrado gorro de pele de cabra. Era uma triste e comovente ruína humana.

Com um nó na garganta e o espírito perturbado, apressou o passo em direção ao velho e, com a voz embargada, disse-lhe:

– Pai, eu sou seu filho Ulisses e aqui estou depois de vinte longos anos. Matei os pretendentes, punindo-lhes os desmandos e as insolências. Tiveram todos o fim que mereciam.

Laerte não conseguia acreditar no que ouvia:

– Se você é realmente Ulisses, o filho que há de amparar a minha velhice, dê-me uma prova irrefutável de sua identidade.

– Veja, paizinho, a cicatriz que as presas de um javali deixaram em minha perna, quando fomos caçar juntos no monte Parnaso! E, se isto não basta, posso lhe mostrar aqui mesmo, neste pomar, as treze pereiras, as dez macieiras e as quarenta figueiras que você me deu quando eu era ainda menino!

Ao ouvir tais palavras, Laerte sentiu as pernas bambearem e o coração apertar-se dentro de seu peito. Enlaçou o filho com os braços trêmulos de emoção, e o herói, comovido, retribuiu aquele gesto de ternura, vertendo lágrimas de sentida emoção.

– Por Zeus, meu filho! Afinal o tenho de volta para viver a seu lado os poucos anos que os deuses ainda me concederem!

E, como o sensato ancião lhe manifestasse o receio de que os outros nobres de Ítaca viessem a vingar os pretendentes mortos, Ulisses tranquilizou-o:

– Acalme-se, meu pai. Deixe as preocupações para mim. Vamos antes para sua casa, onde Telêmaco e Eumeu nos estão aguardando para o jantar.

Lá chegando, sentaram-se para comer o porco que Eumeu acabara de assar ao molho de vinho. E já estendiam os dedos gulosos para os primeiros nacos de carne quando ouviram o rumor de passos. Era Dólio, o velho e leal criado, que retornava do trabalho nos campos em companhia dos filhos. Ao reconhecerem Ulisses, pararam estarrecidos, e só foram arrancados daquele torpor pelas palavras gentis do herói:

– Vamos, amigos, sentem-se e comam. O porco é grande e dará para todos.

O reencontro não podia ter sido mais festivo...

Vingança atrai vingança

Os temores de Ulisses e Laerte não eram infundados. A notícia do extermínio não tardou a espalhar-se pela ilha. De todos os lados homens e mulheres acorriam ao palácio e, em meio a lamentos e gemidos, recolhiam os corpos dos infortunados pretendentes e apressavam-se a dar-lhes sepultura.

Terminados os funerais, uma voz indignada quebrou o silêncio. Era Eupites, o pai de Antino, a primeira vítima do furor do herói, que bradava aos presentes:

– Os crimes de Ulisses não podem ficar impunes! Primeiro arrastou para a morte uma multidão de bravos que com ele partiram em bem aparelhadas naus. Depois, ao voltar, matou impiedosamente os mais ilustres de nossos filhos e irmãos! Vamos, amigos, marchemos juntos contra o palácio, que as almas dos mortos clamam por vingança!

Uma onda de indignação começou a elevar-se entre os ouvintes. Movidos pela piedade, já se dispunham a pegar em armas e atender aos apelos de Eupites quando, de súbito, se viram detidos por uma voz que impunha silêncio. Era o arauto Medonte, o mesmo que havia sido poupado por Ulisses e que para ali fora em companhia do cantor:

– Ouçam-me, todos vocês! Antes de partirem contra o palácio como um bando de alucinados, precisam saber o que realmente aconteceu. Não nego que Ulisses espalhou uma negra carnificina... Mas, se o fez, foi obedecendo à vontade dos deuses, que muito o auxiliaram na façanha!

Mas as suas palavras, apesar de carregadas de bom senso, não foram suficientes para convencer a todos. Eupites, cego pelo ódio, sacou da espada e, pondo-se à testa de vários homens, iniciou a marcha contra o palácio. Em sua insensatez, julgava que vingaria a morte do filho...

A paz dos deuses

Nesse momento, lá no alto Olimpo, Palas Atena, preocupada com o que via e ouvia, foi interrogar o pai dos deuses:

– Que intenção se oculta em seu peito, paizinho? Assistiremos a outra carnificina?

O sábio Zeus cofiou as longas barbas e em resposta disse-lhe:

– Não é a mim que você deve fazer tal pergunta, minha cara filha! É a si mesma! Não foi por sua vontade que Ulisses voltou para espalhar a morte entre os pretendentes? Mas saiba que os seus receios são também os meus... Vá e faça reinar a harmonia entre os litigantes. Que enfim Ítaca possa conhecer a paz e a abundância!

E Atena, que só esperava pela autorização do pai, desceu impetuosamente do Olimpo, tomando o rumo de Ítaca.

Enquanto isso, em sua ilha, Ulisses se preparava para defender-se do ataque inevitável:

– É melhor alguém ir ver se os inimigos já se aproximam.

Foi prontamente obedecido por um dos filhos de Dólio. E este, mal cruzou o limiar da porta, anunciou aflito:

– Lá vêm eles! Depressa, às armas!

Correram todos a vestir as luzentes armaduras e a empunhar as lanças aguçadas. Com Ulisses à frente, marcharam decididos contra os inimigos, muito mais numerosos.

Mas a deusa apaziguadora já se aproximava. Tinha o aspecto e a voz de Mentor, um velho e fiel amigo da família, e foi reconhecida por Ulisses, já familiarizado com os seus disfarces. O herói virou-se para Telêmaco e disse:

– Vamos, filho, é a hora de você testar a sua coragem e comprovar o seu valor!

– Saberei honrar a nossa linhagem tanto quanto você! – exclamou orgulhosamente o bravo rapaz.

Laerte não conteve a alegria:

– Que dia feliz me propiciaram os deuses! Ver meu filho e meu neto defenderem juntos a casa de nossos antepassados! E cada um há de mostrar-se mais valente que o outro!

Nesse momento, Mentor – na verdade, a deusa Atena – aproximou-se do ancião e exortou-o a elevar uma prece ao grande Zeus.

– Em seguida – prosseguiu –, branda sua lança e arremesse-a contra os inimigos!

Revigorado pela deusa, Laerte obedeceu. A lança cortou silenciosamente os ares e foi enterrar-se na cabeça de Eupites, perfurando o bronze do capacete. O pai de Antino caiu pesadamente ao chão e a sua armadura ressoou com o choque. Tomados de surpresa, os assaltantes estacaram subitamente o passo. Ulisses e Telêmaco aproveitaram esse momento de hesitação para investir contra os que vinham à frente, ferindo-os a golpes de espada e estocadas de lança. E com certeza os teriam matado a todos se Atena não erguesse a sua voz, pacificadora e autoritária ao mesmo tempo:

– Basta de sangue, cidadãos de Ítaca! Deponham as armas e abandonem a luta! Não ousem contrariar a vontade do poderoso Zeus!

Ulisses, porém, não lhe deu ouvidos. Lançando um grito terrível, renovou o ataque, mas foi imediatamente detido por um ofuscante raio que, rasgando as nuvens, foi cair perto dos pés da deusa. O pavor apoderou-se de todos. Com as faces lívidas, despojaram-se rapidamente das armas, temendo a ira dos deuses.

E a paz voltou a reinar em Ítaca, graças à intervenção da conciliadora Atena, a deusa dos olhos brilhantes, que jamais se descuidou do nosso herói.

Roteiro de Trabalho

Odisseia
Homero • Adaptação de Roberto Lacerda

Um dos maiores épicos da história da literatura ocidental, a Odisseia *foi o modelo clássico por excelência do gênero, inspirando obras como a* Eneida, *de Virgílio, e* Os Lusíadas, *de Luís de Camões. Com grande vivacidade, os versos de Homero narram as aventuras de Ulisses, o astucioso rei de Ítaca, que após a guerra de Troia busca regressar para sua terra natal e reencontrar a esposa, Penélope, e o filho, Telêmaco. Mas, para isso acontecer, o herói tem de enfrentar toda sorte de aventuras e dificuldades, como tempestades, terríveis gigantes, sedutoras feiticeiras e encantadoras sereias.*

A VOLTA PARA ÍTACA

- Ao término da guerra de Troia, Ulisses e seus companheiros empreendem aquela que será uma

bárbaro, o gigante aprisiona os gregos em sua caverna e passa a devorá-los, dois a cada refeição. Mas o engenho de Ulisses acaba libertando os marinheiros gregos das garras do gigante

A FEITICEIRA CIRCE

- A jornada de Ulisses está longe de terminar. O perigo agora é representado pela bela feiticeira Circe. O que ocorre com os gregos na ilha de Circe? E como o engenhoso herói escapa de mais um destino trágico?

_____

_____

_____

_____

_____

_____

_____

_____

_____

_____

_____

O CANTO DAS SEREIAS

- Um dos mais graves perigos enfrentados por Ulisses e seus companheiros foram as sereias. Qual a ameaça desses seres marinhos? E como Ulisses agiu para se furtar a mais esse perigo?

_____

_____

_____

_____

_____

_____

_____

_____

_____

_____

_____

- As aventuras de Ulisses não se limitam ao nosso mundo. O herói precisa empreender uma descida ao Hades, região inferior habitada pelos mortos e presidida pela cruel Perséfone, a rainha dos reinos infernais. Qual é o objetivo de Ulisses em sua descida ao Hades? Lá, ele encontra um ente querido, que não sabia ter falecido. Quem é?

_____

_____

_____

_____

_____

_____

_____

_____

_____

_____

_____

- Enfrentados perigos de toda espécie e vencidas todas as aventuras, Ulisses finalmente retorna para a ilha de Ítaca. Penélope recebe o assédio de diversos pretendentes, que desejam desposá-la, julgando que Ulisses estivesse morto. O jovem Telêmaco, filho do herói, ainda não pode vingar os abusos e ultrajes cometidos pelos pretendentes no palácio de Ulisses. Penélope urde um plano para ganhar tempo e iludir os pretendentes, adiando o novo casamento indesejado. Qual é o plano?

_____

_____

_____

_____

_____

_____

_____

_____

_____

_____

ra dificuldade enfrentada? Com quem eles travam conhecimento?

_____
_____
_____
_____
_____
_____
_____
_____
_____
_____
_____
_____

O GIGANTE POLIFEMO

- Prosseguindo em sua jornada de aventuras, os gregos encontram uma criatura aterradora, o ciclope Polifemo, gigante de um olho só, filho dileto de Posídon, o deus dos mares. Cruel e

os ardis empregados por Ulisses para escapar de Polifemo?

_____
_____
_____
_____
_____
_____
_____
_____
_____
_____
_____
_____
_____
_____
_____
_____
_____
_____
_____
_____

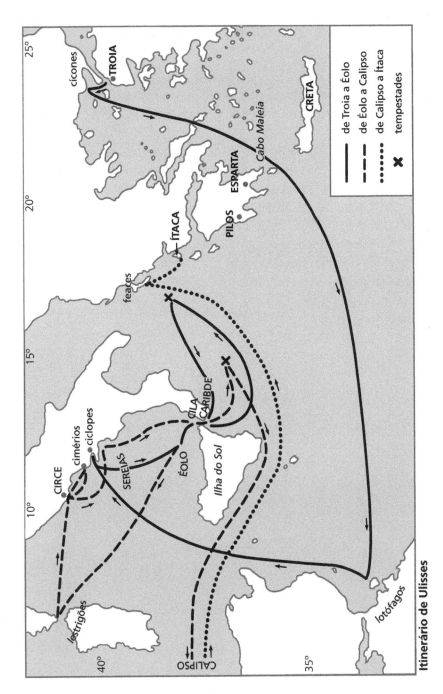

QUEM É ROBERTO LACERDA?

Carioca, Roberto nasceu em 1941, e passou toda a sua vida no Rio de Janeiro. Em 1964, formou-se em Letras Clássicas e, em 1965, em Direito.

Mas sua inclinação revelou-se logo estar voltada para as Letras. Trabalhou para mais de uma dezena de editoras como revisor, copidesque, assessor editorial, editor e tradutor.

É autor de mais de vinte traduções e mais uns tantos dicionários, em outros atuou como colaborador.

Entre um verbete e outro, Roberto nos premiou com esta adaptação de Homero, fazendo assim sua estreia como adaptador para o público jovem.